Jaime Goicoechea Zúñiga

MÉXICO SURREALISTA

LIBRO I:
LA LEY DEL MEXICANO

México Surrealista

Libro I:
La ley del mexicano

Jaime Goicoechea Zúñiga

Primera Edición: 2023

Facebook fan page: Jaime Goicoechea Zúñiga
Twitter: @Jaime Goicoechea
Instagram: @Jaimegoicoecheazuniga
Email: mexicosurrealista1@gmail.com
Website: www.jaime-goicoechea-zuniga.com

Corrección de estilo y maquetación: Javier Torras de Ugarte

ISBN 978-1-962590-00-6

"De ninguna manera volveré a México; no soporto estar en un país más surrealista que mis pinturas."

Salvador Dalí.

"No intentes entender a México desde la razón, tendrás más suerte desde lo absurdo, México es el país más surrealista del mundo."

André Breton.

Índice

Prólogo. México Surrealista: Historias Conectadas

En las páginas que ahora se despliegan ante ustedes, un abrazo de lo inusual y lo misterioso les aguarda. Adéntrate en *México Surrealista*, un mundo literario donde la frontera entre lo real y lo fantástico se desvanece, y las historias entrelazadas crean un tapiz hipnótico que te atrapará. Aquí, los relatos se entrecruzan como corrientes subterráneas, urdiendo una red de intriga y maravilla que revela la asombrosa riqueza de la experiencia humana.

Este viaje nos sumerge en las vidas de personajes dispares, cuyas adversidades toman forma en historias cortas yuxtapuestas, todas conectadas por hilos invisibles que tejerán una tela literaria única. *México Surrealista* no es solo un compendio de cuentos, sino un mosaico de perspectivas que te sumerge en las profundidades emocionales de cada protagonista. Sus luchas y victorias se despliegan ante nosotros como un abanico de emociones vibrantes: el dolor choca con la alegría, la tristeza con el amor, la violencia con la tradición.

El autor desafía los límites literarios con un estilo que es a la vez deslumbrante y original. Con destreza, inyecta metáforas y simbolismo en cada línea, tejiendo una intrincada trama de emociones y cultura mexicana. Sus palabras cobran vida, formando cuadros poéticos y visualmente ricos, que nos transportan a través del tejido mismo de la narrativa.

La interconexión de las historias es el alma de este mundo surrealista. A través de giros ingeniosos y revelaciones inesperadas, los personajes y tramas se entretejen, revelando que sus destinos están inextricablemente ligados. *México Surrealista*

11

es una invitación a explorar las profundidades de nuestra humanidad compartida, recordándonos que, aunque nuestras vidas puedan parecer aisladas, en realidad somos parte de una telaraña invisible.

Así, este viaje literario nos sumerge en lo más íntimo de la experiencia humana, donde lo real y lo imaginario coexisten. Nos revela que la magia puede ocultarse en los detalles más simples, y que cada momento puede albergar la semilla de lo asombroso.

Prepárate para sumergirte en esta travesía única, donde lo ordinario se entrelaza con lo extraordinario y lo lúdico se mezcla con lo profundo. En *México Surrealista*, las palabras desafían la realidad, creando un paisaje literario que trasciende las normas y te invita a explorar los misterios de la existencia humana.

Bienvenidos a Agua Fría, Puebla, donde las puertas de lo inimaginable están a punto de abrirse. Adelante, exploradores de letras, adéntrate en este laberinto literario y déjate envolver por la maravilla y la sorpresa que solo las palabras pueden proporcionar.

La ley del mexicano

Cirilo Flores cabalgaba pausadamente hacia el pintoresco pueblo de Agua Fría, sobre su fiel burro, cuando un destello del pasado lo abrazó con fuerza: el recuerdo inmortal de su niñez, aquel día imborrable en que su padre lo llevó a las orillas del río a pescar acamayas. En aquel instante, el saber ancestral se inscribió en su memoria; el arte de atrapar estas criaturas se revelaba en su esplendor cuando las aguas se inflamaban y alborotaban. La figura de su padre, envuelto en la simplicidad de la vida, sosteniendo dos chiquihuites hechas de bejuco en forma de cono para atrapar las acamayas, se imprimió en su conciencia. Juntos marcharon durante veinte minutos, siguiendo los pasos de un pacto tácito, hasta alcanzar el cauce del río. Cirilo, embriagado por la anticipación, se sentía tocado por la gracia de ser convocado por su padre.

Juan Flores, el padre de Cirilo, encarnaba la serenidad de quien prefiere comunicarse a través de actos y silencios elocuentes, lo que magnificaba la valía de cada conexión entre ellos. En las aguas del río Tepetate, tejieron la red de sus trampas, dispuestas con las bocas en posición desafiante frente a la corriente, aguardando la captura de las acamayas, los langostinos fluviales que eran manjar exquisito. Después de acomodar las trampas, emprendieron el camino de vuelta al hogar, sólo para regresar más tarde y encontrar los artilugios repletos de su presa, las jugosas capturas de la naturaleza. Fue entonces cuando la madre de Cirilo, portadora de la magia culinaria, materializó el huatape de acamayas, el platillo predilecto de Cirilo. En un festín sensorial, el caldo nutriente se entrelazaba con la masa, los chiles guajillos, el ardor del chile piquín y el aroma del epazote. Y así, en ese día, Cirilo se entregó a la comunión con su paladar, saboreando no uno, sino tres platos del sabroso manjar que conectaba con sus raíces.

Esa experiencia, aparentemente trivial, se convirtió en un tesoro que alojó en su ser como una reliquia sagrada. Cada vez que cabalgaba por los senderos de su memoria, el murmullo de las aguas del Tepetate se entrelazaba con el amor de su padre, tejido en el suave vaivén del bejuco de su trampa. Y así, mientras el río y las acamayas danzaban en su mente, Cirilo seguía su camino rumbo a Agua Fría.

El tiempo discurrió como el agua de un río que fluye sin pausa, llevando consigo los recuerdos y las experiencias de Cirilo en su corriente implacable. Con el paso de los años, la difícil coyuntura de Cirilo se convirtió en un telón de fondo de añoranzas, en el que se proyectaban las imágenes doradas de los momentos pasados. La vejez, silenciosa y paciente, llegó a su puerta, dejando marcas indelebles en su cuerpo y alma.

Los surcos del tiempo se manifestaban en el tic nervioso que danzaba en sus manos, un recordatorio constante de su batalla en los campos de California, donde había enfrentado los venenos de los pesticidas. La artritis reumatoide, como un lobo hambriento, se había adueñado de su cintura y espalda, tejiendo dolor en cada rincón de su ser. Este malestar constante se erguía como un obstáculo infranqueable, arrancándole la posibilidad de mantener un trabajo consistente. En la familiaridad de Agua Fría, el amor y la caridad de los lugareños eran sus muletas. Siempre dispuestos a extender su mano amable hacia los necesitados, constituían el refugio de Cirilo. No obstante, en ocasiones un eco desagradable se alzaba entre ellos. Una sombra malintencionada, en un tono áspero, lanzaba insultos hirientes: «¡Vete al monte, allí no te faltará el alimento!».

Los alrededores de Agua Fría se desplegaban como un jardín de exuberancia, ofreciendo un festín multicolor de árboles frutales: mangos maduros como soles, guanábanas que guardaban secretos en su piel rugosa, tamarindos agridulces como recuerdos, plátanos que se curvaban en arcos de dulzura, papayas que desentrañaban su sabor en un estallido de jugosidad, aguacates con su riqueza oculta, naranjas radiantes como el alba y zapotes que evocaban un abrazo de tierra. No obstante, en la paradoja de la vida, el apetito de Cirilo ya estaba saciado de frutas. Sus dientes, ya víctimas del tiempo implacable, se negaban a cumplir su deber de triturar los bocados. La carne, un anhelo que yacía en algún lugar profundo de su ser, llamaba a sus sentidos. A pesar de la ausencia de dientes, su deseo era indomable, y el suspiro por el sabor y la textura de la carne lo acompañaba en su camino, como un eco constante de la pasión que todavía ardía en su interior.

Las artes de caza y pesca, que una vez fueron su pasatiempo y sustento, permanecían ahora como sueños inalcanzables debido al dolor crónico que anidaba en su espalda. Las antiguas sendas por la selva y los márgenes del río, donde había perseguido presas y lanzado redes con destreza, estaban cerradas para él como puertas selladas por el destino implacable. Cada movimiento se convertía en una danza de agonía, y el dolor se alzaba como un guardián feroz, impidiéndole sumergirse en los placeres que una vez había conocido.

Sin embargo, en medio de la desolación, emergía una figura amistosa que traía consuelo a su corazón solitario. Su fiel burro, bautizado con el nombre de Donkey-jote, un juego de palabras que resonaba desde sus recuerdos de tierras lejanas en California,

15

se alzó como un confidente incondicional. La falta de diálogo entre ellos no era una barrera; Cirilo hablaba con Donkey-jote durante horas, compartiendo pensamientos y emociones que no podía expresar en otro lugar. En el eco silencioso de esas conversaciones, encontraba alivio y la sensación de que, de alguna manera, su voz era escuchada.

El vínculo que había tejido con el burro trascendía las palabras. Cada caricia y cada mirada compartida encerraban una complicidad profunda, como si ambos entendieran los secretos del otro sin la necesidad de explicaciones. Donkey-jote se convirtió en mucho más que una simple compañía; encarnaba la familia que había perdido y la fortaleza que lo sostenía. Cada amanecer, mientras el sol pintaba el horizonte con colores cálidos, Cirilo y Donkey-jote partían en su viaje cotidiano hacia la oficina de correos. La espera por la correspondencia de Mr. Smith, un anhelo que no menguaba con el tiempo, los impulsaba a avanzar por los caminos familiares.

La figura del burro en el horizonte se transformaba en un símbolo de perseverancia y esperanza. En sus patas, el eco de historias pasadas y futuras resonaba como un latido constante. Y así, en cada paso, en cada brisa que acariciaba sus rostros, Cirilo y Donkey-jote tejían una narrativa silenciosa, un lazo indomable que los mantenía unidos en medio de la adversidad y la soledad.

Cirilo había erigido su morada en los bordes mismos de Agua Fría, un rincón que, aunque modesto, rebosaba de una sensación de hogar. Su casa, de madera envejecida por el tiempo, se aferraba a la ladera del cerro como si hubiera crecido orgánicamente de la tierra misma. Era un resguardo contra los embates del mundo, un refugio que le habían brindado con bondad, como un oasis de esperanza en medio del desierto de su vida.

La generosidad de un alma caritativa le había otorgado este techo. Una dádiva que le permitía sortear el abismo de la indigencia y la desamparada calle. Sin esa mano tendida, su existencia habría quedado a la merced de las inclemencias y los caprichos de la vida, y aquel rincón en la ladera nunca habría sido el testigo silente de su jornada.

La casa era flanqueada por un pozo de agua cristalina, una fuente vital que traía consigo la promesa de saciar la sed y aliviar el calor agobiante. Junto a él, un árbol de orijuelo extendía sus ramas como brazos protectores, tejiendo una sombra agradable que se convertía en el refugio de Donkey-jote. El burro, fiel y paciente, compartía su vida con Cirilo, y bajo la sombra del orijuelo, el vínculo entre hombre y bestia florecía en la quietud compartida de sus días.

En el trasfondo de la vivienda, un regalo de amor y solidaridad se alzaba en forma de milpa de maíz. Una muestra tangible de la empatía que aquel pequeño pueblo tenía hacia Cirilo. Sin embargo, la debilidad de su cuerpo, agobiado por el dolor y la artritis, le impedía cuidar y proteger las plantas que prometían su sustento. Los cuervos, astutos y hambrientos, hallaban en el campo una despensa que devoraban con voracidad, dejando a su paso la desolación.

Los jardines naturales alrededor de la casa ofrecían una paleta de colores, donde flores silvestres alzaban sus cabezas hacia el sol, como pequeñas llamas en un mundo dominado por la sombra. Sin embargo, más allá de estos senderos de belleza, yacían cuatro tumbas, marcando un rincón que Cirilo visitaba con devoción. Una cruz grande y tres pequeñas eran los testigos mudos de un pasado que lo acompañaba en el presente. Anualmente, Cirilo se arrodillaba, una plegaria silenciosa en sus labios, mientras limpiaba cada cruz con un amor que trascendía las palabras.

Cada rincón de aquel modesto hogar albergaba la historia de un hombre, una mezcla de luchas, sacrificios y momentos compartidos con un burro y un puñado de almas compasivas. Las paredes calladas y los susurros del viento guardaban su relato, cada madera desgastada por los años era un capítulo escrito en el libro de su vida. Agua Fría, con su compasión y sus sombras, era testigo de la travesía de Cirilo, un hombre que había enfrentado las adversidades y construido su propio refugio en medio de la aridez.

En el corazón del bullicioso mercado de Agua Fría, donde los colores y los olores convergían en una sinfonía de vida, Cirilo se adentró con su fiel compañero. Amarro a Donkey-jote a un poste de luz, un ancla de paciencia y espera en medio del vaivén frenético del mercado. Bajando la mirada, encontró en el suelo una moneda olvidada, una reliquia de valor gastado que parecía haber sido abandonada por el tiempo. El metal deslucido, una vez símbolo de riqueza, yacía en la palma de su mano como un recordatorio de la cambiante naturaleza de la vida.

Con aquella moneda en la mano, Cirilo se aproximó al vendedor de tomates, un hombre cuyas arrugas hablaban de años de trabajo en el campo. La moneda, aunque desprovista de su antiguo poder, aún llevaba consigo la carga de su historia. Por compasión y empatía, el vendedor de tomates le obsequió uno de sus productos, un tomate rojo y pulido, como si la fruta llevara consigo el reflejo de un sol ardiente. Cirilo lo recibió con gratitud y reverencia, guardándolo en su morral con el cuidado que se le concede a un tesoro.

Siguiendo su recorrido por el mercado, los aromas se volvieron un festival para sus sentidos, invitándolo a disfrutar de los placeres culinarios que se desplegaban ante él. El irresistible aroma de molotes fritos en manteca se elevaba en el aire, tentándolo con su sabor dorado y crujiente. Sin embargo, el bolsillo vacío y las monedas devaluadas le recordaban la dura realidad de su situación. Aun así, no pudo evitar detenerse y beber con avidez el aroma que inundaba el aire, permitiéndose un pequeño momento de indulgencia en la fantasía de sabores que su paladar anhelaba.

El destino lo llevó al puesto de zacahuiles, donde los tamales gigantes, rellenos de suculento puerco, masa de maíz y especias embriagadoras, parecían un sueño hecho realidad. El hambre, siempre compañera silenciosa de su vida, se manifestó con fuerza. La tentación era inmensa, el deseo de hincar el diente en aquella delicia parecía incontrolable. Pero una vez más, la billetera vacía y la limitación de sus medios lo detuvieron. Las manos temblorosas se aferraron a su morral, su único almacén de sueños y esperanzas.

El mercado seguía su danza, una coreografía de comercio y relaciones humanas. Cirilo continuó su recorrido, un hombre en medio de la multitud, llevando consigo una moneda de poco valor, pero cargada de significado. Aunque su estómago rugía y su paladar anhelaba los sabores que solo el mercado podía ofrecer, Cirilo avanzó con dignidad, llevando consigo no solo la carga de su hambre, sino también el peso de su historia y su perseverancia en medio de las adversidades.

En el transcurso de su peregrinaje por el mercado, los sentidos de Cirilo se vieron cautivados por una sinfonía de aromas y colores, una danza de tentaciones y deseos. En su camino, se cruzó con Chelito, un maestro de la cocina que dominaba el arte de cocinar carnitas de puerco en una paila de cobre. El aroma dorado y tentador se alzaba en el aire, como una melodía gastronómica que suscitaba el hambre de todos los que lo rodeaban. Cirilo, aunque su paladar anhelaba deleitarse con ese manjar, se encontraba limitado por la dura realidad de su dentadura gastada y quebrantada por el tiempo. Los ojos se llenaban de deseo, mientras que los dientes ausentes solo podían saborear la nostalgia.

El recorrido lo llevó hasta la tienda de don Froylán, un punto en el camino donde la deuda se había convertido en un nudo de preocupación. La suma pendiente pesaba sobre su conciencia, una carga que su bolsillo vacío no podía aliviar. La estrategia para evitar el rostro de la deuda era simple: rodear la tienda y mantener distancia del hombre a quien debía. Sin embargo, cada paso que daba era una evasión de lo inevitable, un encuentro que solo podía postergar, pero no eludir.

En su periplo, Cirilo encontró refugio en el puesto de hierbas medicinales de doña María. La anciana poseía el conocimiento de las plantas que curan, un tesoro transmitido a través de generaciones. Cada visita era un rito de alivio, donde doña María amablemente le proporcionaba las hierbas que le daban un alivio momentáneo a su dolor de espalda. Las manos arrugadas de la mujer acariciaban las hojas con devoción, como si cada planta llevara consigo los secretos ancestrales de la sanación. Y Cirilo, agradecido, recibía las hierbas con humildad, sabiendo que su cuerpo dependía de estos regalos de la naturaleza para sobrellevar el constante dolor.

Así, el mercado se convertía en un escenario de contrastes, donde las tentaciones y las limitaciones coexistían en un mismo espacio. Cirilo continuaba su recorrido, un alma en busca de sustento y consuelo, rodeado por las historias y los aromas que tejían la tela de la vida en Agua Fría. Cada paso era una lucha, un recordatorio de su resistencia ante las dificultades y una celebración de las pequeñas alegrías que aún podían encontrarse en medio de la adversidad. Y mientras el mercado continuaba su danza, Cirilo avanzaba, llevando consigo las cargas y los regalos que la vida le otorgaba en su jornada diaria.

En el trajín de su andar por el mercado, Cirilo también se cruzaba con los abusones del pueblo, aquellos que se regocijaban en la miseria ajena y encontraban satisfacción en la humillación. Se acercaban con falsa amabilidad, extendiendo la invitación a compartir unos tacos de cecina, sabiendo bien que el resultado sería un espectáculo de risas a costa de su limitación. La cecina, seca y resistente, se convertía en un desafío para su dentadura maltrecha, y cada intento por masticarla era un acto de perseverancia y de enfrentar el ridículo. Los abusones se reían a carcajadas, como si cada mordisco fuera un acto cómico digno de burla. El silencio del pueblo se convertía en su risa cruel, y Cirilo, una vez más, debía lidiar con la humillación y el desprecio que le arrojaban.

Después de estas interacciones amargas, Cirilo se dirigió a la oficina de correos con el anhelo de recibir una carta de Mr. Smith. La ausencia de correspondencia se erigía como un eco de silencio, una sombra que oscurecía sus expectativas. Dudaba si el viejo amigo estaría aún entre los vivos. La incertidumbre pesaba en sus hombros mientras indagaba si había recibido correspondencia.

Sin embargo, en el corazón de Cirilo, la esperanza aún latía, una llama frágil que se negaba a apagarse. Cada visita a la oficina de correos era un acto de fe, un recordatorio de que las conexiones con el pasado aún podían mantenerse vivas a través de la tinta impresa en el papel. Aunque en esta ocasión las palabras de Mr. Smith no habían llegado, Cirilo no se permitía rendirse ante la incertidumbre. Salió de la oficina de correos con resignación, pero su mirada reflejaba la determinación de seguir esperando, de mantener viva la esperanza en medio de la adversidad. El día seguía su curso, y Cirilo, con cada paso, demostraba su voluntad de enfrentar las dificultades y encontrar luz en los rincones más oscuros de su realidad.

El cielo, antes despejado, había dado paso a nubes que tejían un manto gris y húmedo sobre Agua Fría. Los pasos de Donkeyjote resonaban en la calle empedrada mientras Cirilo se encaminaba de regreso a su hogar. El aire estaba cargado de humedad, y una sensación pegajosa se aferraba a su piel. El calor del día comenzaba a ceder ante la llegada de una tarde más fresca, aunque la opresión en el ambiente se mantenía.

En medio de ese paisaje climático, el sonido de los cánticos y rezos comenzó a llenar el aire. Una procesión se aproximaba, un torrente de fervor y devoción que bloqueaba las calles y detenía el curso habitual del pueblo. Cirilo, sin más opción que detenerse, observó cómo cientos de personas avanzaban al unísono, siguiendo la figura de La Virgen del Basurero. La escena era abrumadora, una muestra de fe colectiva que envolvía a todos en su paso.

La procesión traía consigo memorias del pasado, y Cirilo no pudo evitar recordar el día en que la Virgen del Basurero lo había defendido, desafiando incluso al líder de los malhechores que aterrorizaban al pueblo. Su voz retumbó en su mente: «Si te estuvieran golpeando a ti, también te defendería». Aquel acto valiente de la Virgen había dejado una impresión indeleble en su memoria, una muestra de compasión y justicia que trascendía las circunstancias.

Antes, para Cirilo, la Virgen del Basurero era Felipa, una joven que habitaba entre los desechos del basurero municipal, un oasis en medio de la basura. Su vida era un testimonio de perseverancia y resistencia, un recordatorio de que la belleza y la dignidad pueden florecer incluso en los lugares más inverosímiles. Sin embargo, con el tiempo, la fama de la Virgen del Basurero había crecido, y miles de personas acudían ahora para recibir su bendición y experimentar la paz que su presencia irradiaba.

En medio de la procesión y los cantos, Cirilo se sintió parte de algo más grande, una comunidad unida por la fe y la esperanza. Aunque su vida estaba marcada por la dificultad y la adversidad, encontraba consuelo en momentos como este, donde la devoción compartida teñía de color la monotonía de su existencia. El sol se ocultaba tras las nubes grises, y la procesión continuaba su camino, llevando consigo una sensación de conexión y trascendencia que traspasaba las fronteras del tiempo y del espacio.

Ya en las afueras de Agua Fría las primeras gotas de lluvia comenzaron a caer, apenas como suspiros del cielo que presagiaban la inminente tormenta. Cirilo sintió cómo el aire se enfriaba, y un escalofrío recorrió su columna. Sabía que debía apresurarse si no quería que la lluvia empeorara su condición de salud. A medida que avanzaba por el camino, los senderos que conocía desde su infancia se volvían cada vez más borrosos bajo el velo de la lluvia.

Se detuvo en el umbral del monte, donde el paisaje cambió de forma radical. Las colinas ondulantes se extendían ante él, cubiertas de vegetación que reverdecía con cada gota que caía del cielo. El aroma a tierra mojada y hierba fresca llenó sus sentidos, y un sutil susurro del viento le hablaba de secretos que solo la naturaleza podía compartir.

Sus ojos se posaron en el antiguo panteón, un lugar donde el tiempo parecía haber dejado su huella con impasible crueldad. Las cruces, corroídas y desgastadas, yacían en un silencio eterno, marcando las vidas que una vez habían habitado esos cuerpos.

Era un lugar olvidado por muchos, un rincón de Agua Fría que parecía haber caído en el abismo del olvido.

A pesar de la inquietante sensación que aquel lugar evocaba, Cirilo sabía que no tenía otra opción. Cerró los ojos y avanzó, cada paso resonando con el eco de las historias silenciosas que yacían bajo sus pies. La lluvia arreciaba, empapándolo y haciéndole recordar las muchas veces que había buscado refugio en la casa abandonada que se encontraba en medio del panteón.

A medida que cruzaba aquel lugar de descanso eterno, su mente divagaba. Pensó en las vidas que habían pasado, en los amores y dolores que habían vivido. Se preguntó si alguien, algún día, caminaría por aquí pensando en su propia historia, en su lucha por sobrevivir y encontrar sentido en medio de las dificultades. La lluvia había convertido el camino en un barro resbaladizo, y cada paso era un desafío. Sin embargo, Cirilo avanzó con determinación. El olor a humedad y tierra llenaba el ambiente.

El viento susurraba en un lamento melancólico mientras Cirilo avanzaba, y el canto del ave parecía tejer una canción de despedida en el aire húmedo. Cada paso que daba resonaba en el silencio que lo rodeaba, como una danza íntima con el monte y el cielo lluvioso. Sus pensamientos se entremezclaban con el latido de su corazón, cada uno cargado con las penas y los anhelos que habían forjado su vida.

El misterio del ave en pena lo intrigaba, pero su mente estaba abrumada por otras preocupaciones cuando de repente la figura en el caballo azabache apareció en su campo visual, un espectro de la oscuridad que parecía haber surgido de las sombras mismas de su alma. Aunque no podía ver los ojos de la figura, sentía su mirada penetrante, como si leyera sus pensamientos más profundos, como si conociera cada recoveco de su ser.

—¿Por qué tardaste en venir a por mi? —dijo Cirilo de una forma sarcástica.

Cirilo estaba exhausto, no solo físicamente, sino también emocionalmente. Las enfermedades habían erosionado su espíritu, y el peso de su sufrimiento se había vuelto insoportable. Se había convertido en un hombre cansado de luchar, de enfrentar cada día con la certeza de que el dolor y la miseria lo acompañarían hasta el final. La vida parecía haberse convertido en una carga insoportable, y la idea de dejarla atrás se convirtió en su única vía de escape.

El destello de una idea cruzó su mente mientras observaba la piedra frente a él. Un último acto de desafío, un intento de arrebatarle a la figura del caballo el poder sobre su destino. Sin embargo, la decisión no fue impulsiva ni precipitada; fue una reflexión profunda sobre su propia existencia, sobre los altibajos que habían marcado su camino.

En el precipicio entre la vida y la muerte, Cirilo encontró un momento de claridad. Recordó el sabor del huatape de acamayas, la mirada serena de Donkey-jote, la procesión de la Virgen del Basurero y las historias enterradas en el panteón. Se aferró a esos fragmentos de belleza en medio de la oscuridad que lo rodeaba. El viento pareció susurrarle un mensaje de resistencia, de no renunciar ante las dificultades.

Ella, envuelta en el aura de lo etéreo, descendió del caballo azabache con una elegancia y una solemnidad que contrastaban con la guadaña que sostenía en su mano. La hoja relucía como una promesa oscura, un símbolo de la transición inevitable que enfrenta todo el mundo en algún momento. Cirilo la miró sin temor, su mirada era como un pozo profundo de serenidad en el que la oscuridad de la guadaña parecía desvanecerse.

El charro de la guadaña estaba acostumbrado a encontrarse con miradas de terror, a escuchar súplicas desesperadas y a ver a las personas luchar por un último aliento de vida. Pero Cirilo era diferente, sus ojos no reflejaban desesperación ni miedo, sino un rincón de aceptación y serenidad en medio de la tormenta. Aquella calma que emanaba de él era como una brisa refrescante en un día de calor intenso.

El sonido distante de los niños riendo y chapoteando en el cercano río pintaba un contraste vívido con la escena que se desarrollaba en aquel lugar. La vida continuaba su curso en medio de la contemplación de la muerte. Aquel coro infantil resonaba como una canción de esperanza, una melodía que parecía desafiar a la oscuridad misma.

Las palabras de Cirilo, pronunciadas con una determinación resignada, eran como un eco en el aire, llenando el espacio entre ellos con una aceptación valiente de lo inevitable. La figura en frente de él pareció detenerse, como si sus oídos hubieran captado algo que no estaba en el presente, sino en un futuro aún por llegar.

En un instante, el golpeteo del trote del caballo hizo eco en el entorno, rompiendo el silencio que había caído como un velo. El animal se alejaba rápidamente, dirigiéndose hacia el lugar donde los niños jugaban y reían sin preocupación. El ruido de los cascos contra la tierra se desvanecía, dejando atrás su eco en la mente de Cirilo.

La figura volvió su mirada hacia el mismo horizonte hacia el que el caballo se había dirigido. Parecía que algo más allá de lo que Cirilo podía ver había capturado su atención. Un destello de comprensión cruzó la mente de Cirilo, un vislumbre de lo que había sucedido. El charro de la guadaña, había optado por no llevarse a Cirilo en ese momento. Quizás había sentido la fuerza de su determinación, la aceptación de lo inevitable y la paz que había encontrado en medio de su sufrimiento.

La figura en el caballo no era solo un mensajero de la muerte, era también un testigo silencioso de la vida que seguía adelante, incluso en los momentos más oscuros. Con su partida, había dejado atrás un mensaje en el viento: la vida y la muerte estaban entrelazadas, y en ese delicado equilibrio, Cirilo había encontrado un lugar donde descansar su corazón fatigado.

Así, con el eco de los niños riendo aún presente en el aire, Cirilo retomó su camino hacia casa. Cada paso era un recordatorio de su propia fortaleza y de la belleza que aún pervivía en su mundo. A pesar de las sombras que lo habían rodeado, había encontrado un atisbo de luz en su interior. Y mientras las nubes se abrían lentamente, permitiendo que los rayos dorados del sol se filtraran, Cirilo supo que aún quedaba más por descubrir en el sendero que yacía frente a él.

Al siguiente día las nubes colgaban pesadas en el cielo, como testigos mudos de la pena que envolvía Agua Fría. El aire estaba cargado de tristeza, y el mercado, un lugar habitualmente bullicioso y lleno de vida, parecía haberse sumido en un silencio respetuoso por el destino de los cuatro niños.

Cirilo, con el corazón hecho jirones, caminaba por el mercado como si llevara el peso del mundo en sus hombros. Cada paso resonaba como un eco de su propia tristeza, una cadencia melancólica que parecía fusionarse con el llanto de las nubes. La noticia de la tragedia se había propagado rápidamente por el pueblo, y los ojos curiosos se posaban en Cirilo mientras avanzaba, sin comprender del todo su dolor.

El arrepentimiento latía en su pecho, un latido discordante que martilleaba en su mente una y otra vez. La figura del charro de la guadaña, que había llegado tan cerca de él, ahora parecía haber tomado otro rumbo, uno que había cobrado vidas jóvenes e inocentes. La ironía de la situación lo asaltaba: ¿por qué él, un hombre al borde del abismo, aún continuaba en este mundo, mientras que aquellos niños llenos de vida habían sido arrancados de él?

La emoción contenida en su interior finalmente explotó, y Cirilo cayó de rodillas sobre el suelo del mercado. Sus lágrimas se mezclaron con las gotas de lluvia que caían del cielo, como si el cielo mismo compartiera su pena. Los sollozos escapaban de su garganta en un lamento profundo, un grito de dolor y desesperación que parecía resonar en cada rincón del pueblo.

—¡¿Por qué te los llevaste?! —su voz se alzó en un grito angustiado, un grito que parecía dirigido hacia el mismo cielo—. ¡¿Por qué no me llevaste a mí?! Yo no valgo nada, no merezco vivir, ¡eran unos niños con toda la vida por delante!

Las miradas de los presentes se posaban sobre él, una mezcla de desconcierto y compasión. Algunos murmuraban entre ellos, cuestionando su cordura, mientras otros simplemente observaban en silencio, quizás entendiendo la profundidad de su dolor.

Cuando finalmente logró controlar su llanto, se puso de pie con un esfuerzo doloroso. Montó a Donkey-jote y se adentró en las calles de Agua Fría, la lluvia empapando sus ropas y acentuando su dolor de espalda. Pero nada importaba ya. Su dolor físico se fusionaba con su dolor emocional, y su alma parecía sumida en una oscuridad abisal.

Las calles estaban desiertas, como si el pueblo mismo compartiera su duelo. La lluvia caía incesante, como lágrimas del cielo que se unían a las lágrimas de Cirilo. Su burro seguía el camino mientras él estaba atrapado en su propio torbellino de emociones. El peso del cargo de conciencia se había vuelto insoportable, amenazando con arrastrarlo a la oscuridad más profunda de su ser.

La tristeza lo envolvía como una manta pesada, y mientras avanzaba a través del pueblo que había sido su hogar, la pérdida de esos niños inocentes resonaba en su interior como un eco interminable. A pesar de la lluvia que le empapaba, sus lágrimas parecían no cesar. Había perdido la noción del tiempo y del espacio, su mente era solo un remolino de dolor y culpa.

En medio de esa tormenta interna, una verdad se abría paso con fuerza: Cirilo no solo lidiaba con su propio sufrimiento, sino también con la carga de aquellos a quienes amaba y había perdido. Su dolor se había convertido en un reflejo de la tristeza colectiva de Agua Fría, una tristeza que se aferraba a cada rincón del pueblo como una sombra persistente.

Mientras avanzaba, su mente se volvió un laberinto de preguntas sin respuesta, de culpas sin redención. La lluvia seguía cayendo, como un lamento compartido entre el cielo y la tierra. Y en medio de esa lluvia, en medio de ese dolor compartido, Cirilo anhelaba encontrar un rayo de esperanza, una forma de redimir su propio sufrimiento y el de aquellos que habían partido demasiado pronto.

Nuevamente se encontró con la Muerte y sintió un remolino de emociones en medio de su tormento interior. Cirilo, en su desesperación, buscó respuestas en la figura enigmática que había estado acechando su vida. La suplicante pregunta que dejó escapar era un eco de su dolor y su anhelo por entender el destino cruel que había arrebatado a los niños inocentes.

La encontró, montada en su caballo, parada frente a una cantina. Se mostraba ante él como una figura impenetrable, ajena a la compasión humana. Cirilo se aferró a su pierna reclamando:

—¿Por qué te los llevaste? ¿Por qué no me llevaste a mí?

Su respuesta fue un acto de desprecio y rechazo, un gesto frío que dejó a Cirilo aún más abatido. El abrazo que buscaba encontrar en ella se convirtió en un golpe despiadado, una patada que lo hizo rodar por el suelo como un títere sin control. La marca de la espuela en su mejilla era como un símbolo de su encuentro con la inevitable realidad: la Muerte no atiende a súplicas ni a ruegos.

Dentro de la cantina, la Muerte se sumergió en la violencia que reinaba en el lugar. Los disparos resonaron como una triste sinfonía de autodestrucción, llevándose consigo la vida de tres personas más. Cirilo, aún en el suelo, se convirtió en un testigo silencioso de la tragedia que seguía a la Muerte adondequiera que fuera. La figura en su charro negro se había convertido en un catalizador de caos y desolación.

El polvo se mezclaba con el sabor amargo de su propia impotencia mientras yacía en el suelo. El mundo a su alrededor parecía desvanecerse en una neblina sombría, como si estuviera atrapado en un sueño lúgubre. En medio de esa escena caótica, la pregunta persistía en su mente: ¿por qué él seguía con vida mientras otros eran exterminados sin piedad?

El eco de los disparos se desvaneció, dejando en su lugar un silencio cargado de significado. Cirilo se levantó lentamente, sus huesos protestando por el esfuerzo. Su mirada se dirigió hacia el horizonte, donde la Muerte se había esfumado, como una sombra que se disuelve en la oscuridad.

Sus pensamientos se agolparon en su mente, como una marea de emociones indomables. La tristeza por los niños perdidos se mezclaba con el miedo a lo que la Muerte le deparaba, y la incomprensión del destino lo asaltaba desde todos los ángulos. Pero entre la confusión y el dolor, una determinación comenzó a germinar. La figura de la Muerte se desvanecía en el horizonte, pero la historia de Cirilo estaba lejos de haber llegado a su fin.

Los días se deslizaban como sombras grises, cargados de desesperanza y desolación. La casa de Cirilo, antes un refugio, se había transformado en una prisión de tristeza, donde las paredes parecían cerrarse sobre él con cada pensamiento sombrío. El dolor físico se entrelazaba con el tormento emocional, formando una amalgama inextricable que le impedía encontrar un atisbo de alivio.

El rostro ajado y las ojeras profundas eran un reflejo fiel de su estado interno. Las noches, antes una pausa para el descanso, se habían vuelto interminables jornadas de insomnio. Los sueños eran refugios momentáneos que se le escapaban al despertar, dejándolo anclado en la misma realidad que deseaba evitar. Su mente era un laberinto oscuro, donde los pensamientos negativos se multiplicaban como sombras sin fin.

La naturaleza misma parecía reflejar su tormento. Los cuervos, voraces y oscuros, se posaban en su campo de maíz, hambrientos y desafiantes. Sus picoteos eran una metáfora cruel de la forma en que la adversidad se cernía sobre él, devorando sus esperanzas y sus intentos de superar la oscuridad. No tenía fuerzas para enfrentarlos, para defender lo que quedaba de su subsistencia.

Las palabras de su lamento resonaban en el aire, una pregunta retumbante que buscaba un sentido en medio del caos que lo envolvía. El paraíso exterior se desmoronaba ante su percepción empañada por el dolor y la tristeza. Las bellezas del entorno se desvanecían ante su mirada apagada, como si la vida misma se hubiera vuelto una ilusión inalcanzable.

Sin embargo, en medio de la tormenta, algo comenzaba a emerger. Una chispa, tenue como un destello distante se asomaba en su interior. Era la semilla de resistencia, el germen de la fuerza que yacía dormida en lo más profundo de su ser. Con cada día de desesperación, con cada noche de insomnio, esa chispa crecía, alimentada por la voluntad de encontrar un rayo de luz en medio de la penumbra.

Cirilo se encontraba en una encrucijada entre la resignación y la lucha. Aunque sus fuerzas estaban mermadas y el camino hacia la recuperación parecía empinado y arduo, había algo en él que se negaba a rendirse. Se aferraba a esa chispa, a la pequeña promesa de que había algo más allá de la tristeza. Aunque los días siguieran siendo sombríos, Cirilo estaba dispuesto a buscar la luz, incluso si eso significaba enfrentarse a la oscuridad que lo rodeaba.

Al siguiente día, Cirilo montó a Donkey-jote y se dirigió al orijuelo de la colina, un árbol rodeado de un espeso pasto de medio metro de altura. Mientras subía la colina, vio a la Muerte sentada en una piedra, afilando su guadaña.

—¡Este es un buen augurio! —exclamó con una sonrisa entre dientes.

La colina parecía ser el escenario de una danza macabra entre la vida y la muerte, donde Cirilo se debatía entre dos destinos divergentes. El orijuelo, testigo silente de sus desdichas, se erigía como un símbolo de la dualidad que yacía en su interior: la lucha por la supervivencia y la atracción fatal hacia el abismo.

La figura de la Muerte, afilando su guadaña con un gesto sereno, parecía tejer el hilo del destino con una paciencia inexorable. Su presencia en aquel lugar resonaba como un eco misterioso, como si fuera una guía enigmática que se interponía en los intentos de Cirilo por escapar del sufrimiento. Sin embargo, esta vez, sus palabras carecían de sarcasmo, y la sonrisa umbría que la acompañaba parecía tener un matiz distinto.

Llegó a la cima, sacó un lazo y lo lanzó por encima de una de las ramas del orijuelo; después amarró una orilla al tronco del árbol y anudó su cuello con la otra. Se subió a Donkey-jote y se dejó colgar. La cuerda obstruyó su respiración y su cuerpo pendió durante algunos segundos.

La colina era un escenario de liberación y tormento, una dualidad que se reflejaba en el acto final de Cirilo. La cuerda, símbolo de su afán por escapar de las cadenas del dolor, se convirtió en una trampa mortal que cercenaba su respiración. En esos instantes de suspensión, la lucha por la vida era palpable, aunque se entrelazara con la sombra del final.

La intervención inesperada de la Muerte añadió un giro impredecible a la tragedia. La guadaña, antes símbolo de fatalidad, se convirtió en un instrumento liberador. El corte de la cuerda marcó un quiebre en el relato, un momento donde la vida y la muerte se entrelazaban de manera inextricable. Cirilo cayó, su cuerpo golpeando la tierra con un eco de dolor y frustración.

El llanto que emanó de Cirilo al recuperar el aliento era un lamento desgarrador, una expresión de la impotencia ante su propia situación. El acto fallido lo confrontaba con la realidad de que incluso en su intento por escapar del sufrimiento, seguía atrapado en un ciclo de dolor y abandono. La partida de la Muerte, de nuevo, le recordaba su soledad, como si ni siquiera el destino final quisiera abrazarlo.

Esa noche, Cirilo se sentó fuera de su casa y, mientras observaba las estrellas y la luna llena, la Muerte volvió a visitarlo. Mantenía la distancia, ni muy lejos, ni muy cerca, solo lo preciso. En la quietud de la noche estrellada, la figura de Cirilo se recortaba como un solitario guardián de sus propias reflexiones. Las estrellas y la luna llena se erigían en un telón cósmico que enmarcaba su encuentro con la Muerte, quien, como una misteriosa bailarina, volvió a cruzar su camino. La danza de la Muerte, en medio de la penumbra trazaba figuras etéreas en el aire, como si el cosmos mismo se uniera a su compás y las estrellas fueran su escenario y la luna su único testigo. El azabache del caballo destellaba en la luz de la luna, convirtiéndolo en una criatura de sombras y misterios. La cala de caballo y el floreo de reata resonaban como melodías ancestrales, entrelazando la habilidad de la Muerte como charro con la danza cósmica de los astros.

En el umbral de la noche, entre susurros a las estrellas, Cirilo expresó sus pensamientos al viento. Sus palabras resonaban con una mezcla de admiración y cuestionamientos, como si estuviera sosteniendo un diálogo con el cosmos mismo. La voz de Cirilo, murmurando en el silencio de la noche, parecía ser una invitación a un debate con lo incomprensible.

—Seremos únicos en el universo, pero aquí en la tierra todos somos iguales —murmuró entre dientes—. Muerte, eres tan hermosa y tan severa conmigo, eres dual, imparcial y a la vez injusta con todos. Te llevas a quien te place, merecido o no. Como un juego de azar, nadie sabe lo que le depara la vida. ¿Cuál es tu objetivo? Nos confundes a los humanos. Me ignoras a mí, que estoy listo para partir, y te llevas a aquellos que desean quedarse. Sé que algún día vendrás por mí y aquí estaré esperando. Mi paciencia es más grande que tu generosidad.

Sus palabras arrojaban luz sobre el enigma de la vida y la muerte, como si intentara desentrañar los designios de un universo indiferente. La Muerte, en su papel de observadora, parecía escuchar atentamente cada una de sus palabras, como si el tiempo mismo se hubiera detenido para presenciar ese instante de introspección.

La Muerte, representante de la imprevisibilidad y el misterio de la existencia, parecía recibir las palabras de Cirilo con una serenidad inmutable. La dualidad entre la paciencia del hombre y la eternidad de la Muerte se entrelazaba en una conversación que trascendía lo humano y se sumía en lo cósmico. La noche, convertida en confidente, absorbía cada pensamiento y cada suspiro, creando un vínculo entre Cirilo y la Muerte que desafiaba las fronteras de la realidad y la enigmática fantasía.

Así, bajo la mirada de las estrellas y la luna, la conversación entre Cirilo y la Muerte continuaba, hilando preguntas sin respuesta y reflexiones que se perdían en la inmensidad del firmamento. La noche se convertía en un escenario donde los secretos del universo y los anhelos del alma se entrelazaban en un diálogo silencioso pero profundo.

Cirilo estaba sumido en un oscuro túnel de desesperanza, un lugar donde el tiempo parecía haberse detenido y las sombras de su tristeza lo envolvían como un manto de plomo. Los días pasaban como fantasmas, con susurros de oscuridad y la sensación de estar atrapado en un laberinto de sufrimiento. Las paredes de su casa parecían cerrarse sobre él, y el sol, ese símbolo de esperanza y vitalidad, se había convertido en un mero espectro lejano que apenas alcanzaba a tocar su morada.

Cada jornada transcurría en la penumbra, sus ritmos circadianos se habían invertido en un intento de escapar del dolor que atenazaba su corazón. Las noches se volvían testigos de su agotadora lucha contra la tristeza, mientras los días se esfumaban en un sopor inmutable. La soledad era su compañera constante, y las paredes de su hogar parecían resguardar los ecos de su sufrimiento.

En medio de esa desolación, un fogonazo de claridad se abrió paso en su mente. Un pensamiento audaz, casi como un relámpago en la oscuridad, penetró su conciencia. La idea de provocar a los malhechores del pueblo, desafiando su autoridad y atreviéndose a enfrentarlos con palabras afiladas se presentó como una posibilidad. Quizás, en un acto de temeridad, podría atraer sobre sí la violencia de aquellos hombres y poner fin a su sufrimiento de una vez por todas.

Este plan, aunque sombrío y peligroso, revivió un atisbo de determinación en su corazón. Por un momento, sintió que tenía el control sobre su destino, que podía tomar una decisión audaz en un mundo que parecía haberlo abandonado. La idea de enfrentar su final con cierta valentía, incluso si eso significaba desafiar a los malhechores, le otorgó una especie de propósito, un rayo de luz en medio de la oscuridad.

Sin embargo, aunque su mente se debatía entre la desesperación y el ímpetu de enfrentar el peligro, la Muerte seguía siendo un espectro que se cernía sobre su existencia. En lo profundo de su corazón, el encuentro con la Muerte en diversas ocasiones seguía resonando. La Muerte parecía haberse convertido en una compañera inusual, una presencia que lo observaba y lo desafiaba en momentos críticos.

Así, en medio de su encierro y su tormento, Cirilo se encontraba en una encrucijada, sopesando el valor de sus emociones, su deseo de poner fin a su sufrimiento y la extraña compañía de la Muerte. La oscuridad y la luz, la lucha y la rendición, se entrelazaban en su mente y en su corazón, creando un conflicto interno que definiría el siguiente paso en su camino hacia la redención o la resignación.

El pueblo de Agua Fría se despertó bajo el manto del alba, las primeras luces del día despejaban tímidamente la oscuridad de la noche. Cirilo, impulsado por su determinación ambivalente, se aventuró por las callejuelas de este rincón de tristeza y esperanza.

Su mirada, cansada pero firme exploraba cada rincón en busca de los malhechores cuya ira buscaba atraer.

Las calles se mostraban silenciosas y tranquilas, como si el propio pueblo supiera que algo inusual estaba gestándose en el corazón atormentado de Cirilo. El mercado, un hervidero de vida y actividad, se extendía ante él. A medida que avanzaba por los pasillos, su mirada captó la procesión fúnebre que avanzaba con solemnidad. La tristeza flotaba en el aire, envuelta en lágrimas y lamentos.

Allí, frente a la procesión, Cirilo divisó a José Torres, el padre de la joven que había decidido poner fin a su vida. La figura de José irradiaba un dolor que parecía trascender lo humano, como si su corazón se hubiera convertido en un abismo de sufrimiento. El peso de la pérdida se reflejaba en sus ojos enrojecidos y en su espalda encorvada, llevando consigo un dolor que ningún padre debería soportar. Al lado del ataúd iba Beda el trovador del pueblo y maestro de guitarra de la niña, cargando su instrumento a la espalda para despedir a la niña con la magia de su guitarra.

Un sentimiento de compasión y empatía invadió a Cirilo en ese momento. A pesar de su propio tormento, se vio reflejado en la angustia de José. La historia de la joven que había perdido la esperanza resonaba en su interior, y la realidad de que la Muerte no siempre era una elección pesaba en su alma.

Cirilo se mantuvo al margen, observando la procesión con respeto y tristeza compartida. La ironía de su misión autodestructiva se hizo evidente. Había buscado enfrentar la muerte de la manera más desafiante, pero alrededor de él, la muerte ya había cobrado su cuota en formas que él no había considerado.

En medio de este momento de reflexión, la Muerte parecía una presencia lejana pero observadora. Aunque no podía verla, sentía su influencia en la escena, como si fuera un eco silencioso del destino que todos enfrentarían en algún momento. Porque la muerte es como el viento, la puedes sentir, pero no la puedes ver.

Así, en medio de las paradojas y los sentimientos encontrados, Cirilo se encontraba en un punto de inflexión. El propósito oscuro que lo había llevado a buscar a los malhechores comenzaba a perder fuerza, reemplazado por una comprensión más profunda de la fragilidad de la vida y la forma en que la Muerte tocaba a cada uno de ellos de maneras inesperadas. Su búsqueda, que en un principio parecía estar impulsada por la desesperación, se transformaba en un viaje de autodescubrimiento y reconciliación con la realidad que lo rodeaba.

El día avanzaba con una quietud tensa en Agua Fría. La procesión fúnebre había dejado una huella de melancolía en el aire, y la vida cotidiana parecía moverse con precaución, como si el universo mismo se hubiera vuelto consciente de que algo inusual estaba en marcha.

Cirilo, impulsado por un fervor que se había apoderado de él, rastreaba cada rincón del pueblo. Sus ojos, inyectados de determinación y anhelo de confrontación, recorrían cada callejón en busca de su destino oscuro. La Muerte parecía seguirlo como una sombra silenciosa, como una presencia que acechaba en los momentos cruciales.

Y entonces, como una paradoja en medio del aire cargado de emotividad, surgió la esposa del jefe de los malhechores. Con elegancia y altanería, avanzaba por la calle principal, acompañada por sus dos sirvientas que luchaban bajo el peso de las bolsas de compras. La oportunidad se presentaba frente a él, tentándolo con una salida fácil, una forma de cerrar el círculo que él mismo había abierto.

En un gesto de locura y audacia, Cirilo no dudó: levantó terrones de lodo del suelo y su brazo se alzó en un arco intrépido. Los terrones se convirtieron en proyectiles que encontraron su objetivo con precisión milagrosa. El barro impactó contra el rostro, la ropa y el cabello de la esposa del jefe de los malhechores, dejando manchada y humillada su figura habitualmente impecable.

El asombro se apoderó del lugar. La gente, que había observado la escena congelada en el tiempo, ahora reaccionaba con un coro de murmullos y exclamaciones. Nadie podía creer lo que sus ojos veían. La temeridad de Cirilo, su desafío directo a los malhechores, había sido un acto de valentía y locura al mismo tiempo.

La esposa del jefe de los malhechores se quedó allí, paralizada por la sorpresa y la indignación. Las sirvientas dejaron caer las bolsas de compras, también impactadas por lo que habían presenciado. El aire vibraba con un cambio, como si una nueva historia estuviera siendo escrita en ese mismo instante.

Cirilo, consciente de la magnitud de su acción, no perdió tiempo. Montó a Donkey-jote y se alejó a toda velocidad, convirtiéndose en un fugitivo en su propio pueblo. Su huida, como el alboroto de un cometa en la noche, dejaba una estela de incertidumbre y admiración. Agua Fría nunca volvería a ser la misma después de ese acto insólito y valiente, y Cirilo, ahora un fugitivo famoso, se embarcaría en una odisea que lo llevaría a enfrentar la realidad de la vida, la Muerte y su propio destino.

Al día siguiente, desde la ventana de su casa, Cirilo vio a la Muerte acercarse lentamente, el ambiente de la habitación parecía palpitar al ritmo de los latidos de su corazón. Cada segundo transcurría como un eco resonante, como una melodía que se desvanecía en la distancia. La espera era agónica y expectante, como si todo el universo hubiera convergido en ese momento único.

Desde la ventana, la imagen se desplegaba como una escena de un cuento ancestral. La Muerte, vestida de charro negro, avanzaba con una cadencia que parecía un compás etéreo, sus pasos resonando como el eco de la eternidad. A su lado, dos perros *xoloitzcuintle* de ojos rojos, guardianes de la otra orilla, seguían sus pasos con una mirada fija y penetrante.

Cirilo se sintió atrapado en un trance entre mundos, un estado de asombro y resignación. Había sido él quien había desafiado a la Muerte, quien había buscado su encuentro a través de actos audaces y, a la vez, desesperados. Ahora, el momento que había anhelado y temido estaba aquí, inminente y real. Se quedó impresionado: «¡Dios mío, no es lo mismo invocar a la Muerte que verla venir!».

Apresuradamente se dirigió hacia Donkey-jote. Llenó la pileta de agua, le soltó el bozal y lo liberó. Lo abrazó y besó, dedicándole unas últimas palabras:

—Lo siento mucho, Donkey-jote, me adelanto; te espero allá en el cielo. Eres libre de ir a donde quieras, ya no te necesito.

Regresó a su casa, se acomodó en su cama, listo para partir. Los minutos se alargaron como hilos dorados de un reloj suspendido en el tiempo. En su mente, los recuerdos desfilaban, como imágenes que flotaban en un río de pensamientos. Donkey-jote, su fiel compañero, se movía libre por el terreno, un eco lejano de afecto y despedida. Cirilo sabía que, en algún lugar del vasto cosmos, sus caminos se volverían a cruzar.

El instante llegó. La Muerte se acercaba, su presencia envolviendo la habitación con un aura de solemnidad. Los cascos del caballo resonaban como tambores de otro mundo, marcando el compás del final y el comienzo. Los perros ladraban, voces del umbral entre la vida y la muerte.

Cirilo se recostó en su cama, cerrando los ojos como quien cierra el capítulo de un libro gastado, pero amado. La certeza del final, la aceptación del destino, se mezclaban en su mente con el eco de sus palabras, un ruego y un susurro al infinito. La Muerte avanzaba, la realidad y la fantasía se entrelazaban en un abrazo misterioso.

Las sombras se alargaron en la habitación, como manos que se extendían para acogerlo. El tiempo se detuvo por un instante, como una pausa en el cosmos. Y en ese momento de quietud y resignación, cuando el suspiro final parecía inminente, ocurrió algo inesperado. Un suave rayo de sol atravesó la ventana, pintando la habitación con un resplandor dorado.

Veía cómo la Muerte se acercaba a través de los huecos podridos de madera en las paredes de la casa. Escuchaba los cascos de su caballo cada vez más cerca. Los perros seguían ladrando como anunciando su llegada.

—¡Esta vez sí me llevará! —exclamó Cirilo.

El instante se alargó como una melodía triste que se aferraba al viento, como un eco que persistía en el aire. La Muerte, en su vestidura de charro negro, avanzó con determinación hacia las flores que bloqueaban la entrada principal de la casa de Cirilo. Cada pétalo parecía contener una súplica silenciosa, una última defensa de la vida ante el destino ineludible.

La Muerte se detuvo frente al muro de flores, una paleta de colores y formas que parecía danzar en el viento. Sus ojos vacíos miraron fijamente las flores, como si pudiera leer en sus pétalos la historia de cada vida que habían representado. La elección se posaba frente a ella: la brutalidad o el respeto, la destrucción o la consideración. Las flores esparcieron su bella fragancia, pidiendo ser perdonadas. La Muerte perdonó a la mayoría, pero no a todas. Algunas flores cayeron degolladas bajo la guadaña que llevaba en su mano. Con una calma sombría, la Muerte alzó su guadaña, un instrumento que representaba el umbral entre la vida y la muerte. Un susurro de acero rasgando el aire acompañó cada paso mientras avanzaba por el costado derecho de la casa, espuelas arrastrándose y deslizándose por el piso de madera como un lamento arrastrado por el viento.

Algunas de las flores cayeron víctimas, una tras otra, como suspiros apagados en el camino de la Muerte. Los pétalos se desprendieron, los tallos se quebraron, y la fragancia de la vida se mezcló con el aroma metálico de la guadaña. Cada flor que encontraba su final bajo el filo de la Muerte dejaba una estela de color en el suelo de madera, como un rastro de belleza en el camino inexorable.

Mientras la Muerte avanzaba, Cirilo observaba desde la ventana abierta de su habitación con una mezcla de temor y curiosidad en sus ojos. La Muerte no era solo un destino, sino también un misterio, una paradoja de dualidad que sostenía la balanza de la vida y la muerte en sus manos.

Finalmente, la Muerte completó su camino, el costado derecho rodeado de flores ya caídas y la guadaña empapada de la esencia de la existencia que había segado. Llegó a la ventana abierta, y, por un instante, sus ojos vacíos se encontraron con los de Cirilo. En ese momento, en esa mirada, pareció existir una conexión, un entendimiento silencioso entre el hombre y la Muerte.

En ese preciso momento algo cambió en el aire, como si el tiempo mismo se hubiera detenido para observar la inevitable interacción entre el hombre y el destino. La Muerte continuó avanzando, sus pasos resonaban con la solemnidad de un juicio final, hasta que finalmente se detuvo ante la puerta de Cirilo. Sus ojos vacíos parecían penetrar en el alma del hombre, escudriñando sus pensamientos, sus recuerdos y sus deseos más profundos.

Cirilo luchaba por contener los pensamientos que pugnaban por escapar, por salir a la luz y ser conocidos incluso por la Muerte. Pero en un instante, la contención falló, y los recuerdos inundaron su mente con la fuerza de un torrente. En un parpadeo mental, volvió a aquel día fatídico en el que el fuego cruzado entre dos bandas de narcotraficantes arrancó a su familia de su lado.

Los rostros de su esposa e hijos aparecieron en su mente, sus sonrisas, sus voces, sus abrazos llenos de vida. Pero también vio el horror, el pánico y el dolor en sus ojos mientras la violencia estallaba a su alrededor. La sangre derramada en el suelo, los gritos de dolor y la impotencia se mezclaban en un recuerdo que nunca podría borrar.

La Muerte observó cada fragmento de aquel recuerdo, cada emoción que lo acompañó. Pudo sentir el corazón de Cirilo desgarrarse en ese momento, el peso de la culpa y el remordimiento aplastándolo como una losa. Vio sus lágrimas, su desesperación, su súplica por un final que nunca llegó.

Cirilo había abrazado las tumbas de su familia, había rezado con un corazón roto, había llorado lágrimas que parecían no tener fin. La Muerte, testigo silente de este sufrimiento, pudo sentir la angustia del sobreviviente, el dilema del hombre que anhelaba unirse a los que había perdido, pero también temía abandonar la vida.

En medio de aquel torbellino de pensamientos y emociones, la Muerte permaneció imperturbable. No era indiferente al dolor humano, pero su función era inexorable, un camino que todos debían recorrer.

La Muerte desentrañó los hilos de la historia de la familia de Cirilo, tejiendo un tapiz de tragedia y dolor que atravesaba generaciones. Cada relato, cada acontecimiento trágico, parecía una pieza clave en un rompecabezas de sufrimiento compartido. A medida que profundizaba en los recuerdos ancestrales, la Muerte observó cómo el ciclo de pérdida y lamento se repetía, como un eco doloroso que rebotaba a lo largo del tiempo.

El abuelo de Cirilo, don Anastasio Flores, había sido otro eslabón en esa cadena de sufrimiento. La Revolución Mexicana de 1910, un capítulo tumultuoso de la historia del país, había arrebatado a su familia en medio del caos y la violencia. La toma de Zacatecas, un enfrentamiento que marcó la ruta de la revolución, dejó una cicatriz profunda en la vida de don Anastasio, cuyos sueños y esperanzas se desmoronaron en medio de la contienda. Al igual que Cirilo, su abuelo también perdió a su familia durante la toma de Zacatecas, en un fuego cruzado entre soldados federales y la División del Norte de Pancho Villa. Los insurgentes ganaron la batalla, pero su abuelo lo perdió todo.

La Muerte contempló la tristeza en los ojos de don Anastasio, la pesada carga de haber sobrevivido cuando aquellos que amaba habían sido arrebatados por la brutalidad del conflicto. La vida que siguió no fue más que un eco constante de la pérdida. La pobreza, la enfermedad y el dolor se convirtieron en compañeros ineludibles, mientras don Anastasio luchaba por buscar justicia y enfrentar a los poderosos que habían causado tanto sufrimiento.

Pero incluso en su lucha, don Anastasio estaba atrapado en un ciclo implacable. Sus acciones valientes y desafiantes solo avivaron el fuego de la represión. El poder y la opulencia se cernieron sobre él como un buitre acechando a su presa. Su valentía le costó la vida, un destino que no se diferenciaba tanto del de Cirilo. Ambos enfrentaron la injusticia con coraje, ambos perdieron a sus seres queridos, y ambos quedaron atrapados en la espiral de la tragedia.

La Muerte, testigo de estas conexiones dolorosas, percibió la inquebrantable cadena que unía a Cirilo con su abuelo, y probablemente con muchas más almas que habían compartido destinos similares. En medio de ese mosaico de pérdida, la Muerte también vio el coraje y la resistencia que habían caracterizado a estas almas, su deseo de enfrentar la adversidad, incluso si el resultado parecía inevitable.

La historia del abuelo de Cirilo, don Anastasio Flores, se tejía con hilos de tristeza y valentía. Después de la Revolución Mexicana, la sombra del conflicto se aferró a su vida como una maldición. Cargando con el peso de la pérdida de su familia en aquel baño de sangre en Zacatecas, don Anastasio se convirtió en un hombre marcado por el dolor y la desdicha.

La Muerte contempló cómo el abuelo de Cirilo luchó por encontrar un sentido en medio del caos. Cada tumba visitada, cada lágrima derramada eran testigos silenciosos de su duelo interminable. Las cicatrices del pasado nunca se desvanecieron, y don Anastasio vivió una existencia de miseria, tanto material como emocional.

El valor de don Anastasio lo llevó a alzar su voz en busca de justicia. Emprendió una cruzada contra los oligarcas que habían perpetuado la opresión y el sufrimiento en su comunidad. Pero su valentía solo avivó el resentimiento de aquellos poderosos que se sentían desafiados. En un giro trágico del destino, don Anastasio se convirtió en un blanco, en una víctima más de la maquinaria de poder que había jurado derrocar.

El abuelo de Cirilo pagó con su vida su valiente resistencia. La Muerte presenció cómo el eco del conflicto se extendía hasta la última bocanada de aliento de don Anastasio. Su final fue injusto y abrupto, sin permitirle un nuevo comienzo, una oportunidad de reescribir su destino y construir un futuro mejor. Fue un final que resonaba con la amargura de la tragedia, una historia repetida en los anales del tiempo, donde aquellos que alzaban sus voces contra la opresión a menudo encontraban un destino trágico.

Y así, la historia del abuelo de Cirilo se entrelazaba con la suya, una narrativa compartida de pérdida, lucha y desafío. La Muerte seguía siendo una testigo silente, observando cómo estas vidas se entremezclaban en el tejido del tiempo. En cada lágrima derramada, en cada grito por justicia, la Muerte encontraba un reflejo de la condición humana, un recordatorio de que el sufrimiento y la valentía, la tristeza y la resistencia, eran parte intrínseca de la experiencia humana a lo largo de la historia.

La Muerte continuó su viaje a través de los recuerdos, adentrándose en las raíces más profundas de la historia de la familia Flores. En los albores de la lucha por la Independencia de México en 1810, la figura de don Hermenegildo Flores emergió como un símbolo de amor, pérdida y resistencia.

En los días en que la llama de la Independencia ardía con fuerza, don Hermenegildo vivía con pasión junto a su amada familia en Guanajuato. Su hogar estaba lleno de risas, afecto y esperanza en un futuro libre de la opresión colonial. Pero los designios del destino tomaron un giro cruel cuando la sombra de la guerra se cernió sobre la Alhóndiga de Granaditas. La muerte arrebató a sus seres más queridos en un baño de sangre que sellaría su destino de manera inalterable, su esposa y sus tres hijos.

La Muerte fue testigo de cómo don Hermenegildo se aferró a la esperanza, incluso cuando su mundo se desmoronaba. Pero el dolor era como un torrente incontenible, arrastrándolo hacia un abismo de tristeza y desesperación. La vida, una vez vibrante y plena, se volvió sombría y llena de penurias.

La valentía de don Hermenegildo también lo llevó a alzar su voz en busca de justicia, a desafiar a los opresores y a luchar por lo que consideraba correcto. Sin embargo, el eco de sus palabras resonó en oídos sordos, y su desafío fue recibido con ira y represalia por parte de los poderosos. Una vez más, la historia se repitió: la lucha por la justicia llevó a un final trágico e injusto, con la vida de don Hermenegildo siendo apagada por aquellos a quienes había desafiado.

La Muerte veía en estos hilos entrelazados de sufrimiento y resistencia una historia que se repetía a lo largo de generaciones. Cada uno de los Flores, desde el tatarabuelo hasta Cirilo, había experimentado la tragedia de perder a sus seres queridos y enfrentar las consecuencias de alzar su voz contra la injusticia. Era una narrativa que trascendía el tiempo, un reflejo de la naturaleza humana en su constante búsqueda de justicia y redención.

Y así, la historia de los Flores se tejía con hilos de tristeza y coraje, un tapiz de vidas entrelazadas por el sufrimiento y la lucha. La Muerte continuaba siendo testigo silente de estas vidas, observando cómo los destinos de estas almas se entremezclaban en un relato que trascendía las épocas y recordaba a la humanidad su capacidad de enfrentar la adversidad con valentía y esperanza.

La escena se transformó en una manifestación de la naturaleza misma, un encuentro entre el reino humano y el reino animal, entre lo terrenal y lo divino. En ese momento se inició algo mágico y hermoso: cientos de mariposas monarca se posaron en las cuatro cruces que había al otro costado de la casa, cubriéndolas por completo. En su deliciosa fragilidad y resplandor, tejieron un velo de maravilla que custodiaba la historia de los Flores. Cada ala, un fragmento de la historia; cada aleteo, un latido del corazón de aquel linaje atravesado por la lucha y la pérdida.

La Muerte, que había estado a punto de reclamar a Cirilo, se quedó inmóvil ante el espectáculo. Aquel rincón de Agua Fría se llenó de una vibración especial, una conexión entre los mundos que parecía desafiar incluso a la Muerte misma. Pero, mientras las mariposas tejían su danza de vida y belleza, los perros, guardianes de lo tangible y lo mundano, reaccionaron con el instinto de proteger su espacio de la intrusión para espantar a las criaturas aladas. Sus ladridos, una respuesta a lo que no podían comprender.

Entonces, desde lo alto, una luz celestial descendió, como un rayo de conocimiento y verdad, iluminando cada rincón del país. Esa luz, un decreto divino, resonó en los corazones de todos. Era un llamado a romper los ciclos dolorosos, a poner fin a las recurrencias de tragedias que habían marcado la historia de México. Un mensaje de esperanza y transformación.

La Muerte, presenciando este acto de comunión entre lo humano, lo animal y lo divino, sintió una profunda reverencia ante la grandeza de la vida y su intrincado entrelazamiento. La guadaña que había sostenido con firmeza se volvió un símbolo de renovación en lugar de una herramienta de destino inexorable. Se volvió consciente de que su papel no era solo llevar almas, sino también ser testigo de la capacidad humana de cambiar, de sanar y de crear un futuro diferente.

La Muerte, en su determinación por cambiar el destino de Cirilo, había tomado medidas radicales para eliminar todo lo que pudiera amenazar su nueva vida. El jardín, una vez lleno de flores, ahora estaba marcado por la violencia de la guadaña, como si el tiempo mismo hubiera sido interrumpido y reescrito. Donkey-jote, el fiel compañero de Cirilo, había sido arrancado de su vida y los cuervos, símbolos de los malos presagios, yacían muertos en el suelo. Los malhechores también cayeron y la Muerte eliminó todo lo que no era bueno para Cirilo.

La Muerte, sin embargo, no había entendido completamente la complejidad de las emociones humanas. Mientras intentaba limpiar el camino de Cirilo, no podía borrar las memorias, el amor y los lazos que habían sido tejidos a lo largo de tantos años. La muerte del burro era una herida más, un recordatorio doloroso de la fragilidad de la existencia y de los lazos profundos que se forjan en la vida.

Cirilo, con su tristeza y su duelo, se enfrentaba ahora a un nuevo capítulo en su vida, uno donde las recurrencias habían sido erradicadas, pero donde también se habían llevado a quienes habían formado parte de su mundo. En su cama, lloraba la pérdida de su amigo leal, de la misma manera que había llorado a su esposa, a sus hijos y a sus ancestros. La depresión lo envolvía, pesada como un velo oscuro.

Cirilo no pudo contener las lágrimas de tristeza. Estaba listo para marcharse de esa vida, pero su partida fracasó. Se dio la vuelta en su cama para llorar en silencio. En medio de su depresión, se lamentaba:

—¡Adiós, Donkey-jote, amigo fiel! Ya encontraste la paz que yo no puedo alcanzar. ¿Quién va a enterrar a Donkey-jote? No tengo fuerzas para hacerlo.

La Muerte, que había intentado modificar el rumbo de Cirilo con un gesto noble, se dio cuenta de que no podía eliminar el sufrimiento humano por completo. La vida y la muerte eran parte de un mismo ciclo, y no podían ser separadas tan fácilmente. Las lágrimas de Cirilo eran un eco de la tristeza que había permeado a lo largo de las generaciones de su familia, un reflejo de la experiencia compartida de la pérdida y el dolor.

El cielo se oscureció y la tormenta que azotaba la región parecía ser el reflejo físico de la tempestad que se agitaba en el interior de Cirilo. El estruendo de los relámpagos resonaba en su mente, como si cada estruendo fuera un eco de su propio tormento interno. La lluvia golpeaba el tejado de su casa con furia, como si el cielo mismo estuviera llorando en su nombre.

Cirilo yacía en su cama, sumido en un estado de fiebre y delirio. Visiones tumultuosas lo asaltaban, transportándolo a lugares oscuros de su pasado y de su historia familiar. Los rostros de sus seres queridos perdidos a lo largo de las generaciones parecían mirarlo desde las sombras, llenando sus sueños con una melancolía abrumadora. El vacío en su corazón era como un pozo sin fondo, una sensación de pérdida y desesperación que amenazaba con tragárselo por completo.

En medio de su fiebre, Cirilo continuaba experimentando la presencia de la Muerte en su vida. Pero ahora, las visiones eran más crueles y perturbadoras. En su delirio, la Muerte lo paseaba por las calles de Agua Fría, atado de manos, tirando de una cuerda y exhibiéndolo como un trofeo ante todo el pueblo. Ser arrastrado por las calles del pueblo, humillado y exhibido como un criminal, era una tortura psicológica que lo llevaba al borde de la locura. La humillación pública en sus pesadillas era un reflejo de la vergüenza y el aislamiento que había sentido a lo largo de su vida. Era como si la Muerte estuviera explorando los rincones más oscuros de su psique, desenterrando sus miedos más profundos y exponiéndolos al mundo.

La noche transcurrió en un torbellino de emociones y visiones, mientras la tormenta rugía afuera y la fiebre carcomía su cuerpo. La oscuridad parecía abrazarlo con fuerza, envolviéndolo en un manto de desesperación. Pero incluso en medio de la oscuridad más profunda, había un rastro de resistencia en el alma de Cirilo. Una chispa de voluntad de luchar contra la tristeza y el sufrimiento que lo habían atormentado durante tanto tiempo.

La noche más solitaria de su existencia estaba llegando a su fin, cediendo ante el amanecer. El cielo comenzó a clarear y la tormenta gradualmente se calmó. Cirilo, agotado y empapado en sudor, abrió los ojos con lentitud. Aunque la tormenta en su mente aún no se había disipado por completo, había una nueva determinación en su mirada. La lucha por encontrar significado a su vida, por superar el peso de la historia de su familia y por enfrentar a la Muerte en sus propios términos estaba lejos de terminar. Y en medio de la oscuridad y la adversidad, se aferraba a la esperanza de que algún día podría encontrar la redención y la paz que tanto anhelaba.

A la mañana siguiente, el sol salió y comenzó un hermoso día. Mr. Smith llegó a la casa de Cirilo; era un abogado norteamericano que representaba a los campesinos expuestos a químicos en su denuncia contra los fabricantes de pesticidas de California. Mr. Smith llevaba más de quince años litigando contra las grandes compañías de pesticidas, las cuales contaban con millones de dólares para defenderse de un abogado sin gran renombre ni muchos recursos. Sin embargo, él fue el único que quiso representar a los campesinos en una causa perdida.

El abogado empujó la puerta de madera y encontró a Cirilo sumido en su propia miseria. Con una gran sonrisa, le habló con su acento americano:

—¡Despierta, Cirilo! Hoy es un buen día para celebrar, ganamos tu caso en la corte. Ya puedes retirarte cómodamente.

Mr. Smith abrió un portafolio lleno de dólares americanos y los dejó caer en la cama. Cirilo tomó una paca de billetes de cien dólares y, oliéndola, dijo:

—¡Estiércol! ¡Llegas a mí cuando ya no te necesito!

—Relájate, Cirilo. Te estás amargando demasiado pronto. Mejor vete a viajar por todo México y disfruta de tu dinero —expuso Mr. Smith.

Cirilo miró los billetes con una mezcla de incredulidad y desapego. Durante años había soñado con un alivio a sus penurias, con una oportunidad para dejar atrás el ciclo de sufrimiento que había marcado su vida. Y ahora, en el momento en que esos sueños parecían al alcance de su mano, se encontraba en un estado de ánimo tan abatido que ni siquiera la promesa de la riqueza podía arrancarle una sonrisa.

Las palabras de Mr. Smith resonaban en su cabeza, pero Cirilo seguía atado a sus demonios internos. Aunque su caso legal había tenido un resultado exitoso, la victoria en la corte no podía borrar los recuerdos dolorosos ni sanar las heridas emocionales que lo habían atormentado durante tanto tiempo. La riqueza, que parecía una liberación, se había convertido en una carga más en su conciencia.

—No entiendes, Mr. Smith. Ya no se trata solo de dinero. He cargado con las penas de mi familia por generaciones. El sufrimiento está enraizado en mi historia y mi ser. No puedo simplemente deshacerme de él con billetes —respondió Cirilo con voz apagada.

El abogado lo miró con compasión y se sentó a su lado en la cama. Había luchado junto a Cirilo en la corte, había escuchado su historia y conocía la profundidad de su sufrimiento. Sabía que el dinero no podía borrar el pasado, pero también creía en la capacidad de las personas para encontrar una nueva forma de vida, incluso después de las adversidades más difíciles.

—Comprendo que el dolor que has llevado es abrumador, Cirilo. Pero esta victoria te brinda la oportunidad de hacer algo nuevo, de cambiar tu camino y encontrar un sentido renovado en la vida. El dinero puede abrir puertas que antes estaban cerradas y brindarte la libertad para explorar lo que desees —dijo Mr. Smith con sinceridad.

Cirilo observó al abogado con mirada dubitativa, como si estuviera luchando internamente con sus emociones y sus decisiones. Sabía que Mr. Smith tenía razón en parte, pero también se sentía atrapado en su propia mentalidad y sus patrones de pensamiento arraigados.

La habitación quedó sumida en un silencio tenso, roto solo por el susurro del viento que entraba por la ventana. Cirilo contempló los billetes en sus manos, símbolos tangibles de una oportunidad que le parecía lejana. El abogado, paciente y comprensivo, esperaba que Cirilo encontrara su camino a través de la nebulosa de sus emociones y decisiones.

Finalmente, después de un largo momento de reflexión, Cirilo suspiró profundamente y miró a Mr. Smith con una mezcla de determinación y esperanza en sus ojos. Era el comienzo de un nuevo capítulo en su vida, un capítulo en el que tendría que enfrentar sus demonios internos y encontrar su propia redención.

—Tal vez tengas razón, Mr. Smith. Tal vez sea hora de buscar un nuevo sentido en mi vida y dejar atrás el peso del pasado. Pero no será fácil —dijo Cirilo con voz firme.

El abogado asintió con una sonrisa cálida y se puso de pie.

—Nadie dijo que sería fácil, Cirilo. Pero estoy seguro de que tienes la fuerza para enfrentar lo que venga. Te apoyaré en lo que necesites —afirmó Mr. Smith.

Cirilo miró una vez más los billetes en sus manos y luego alzó la vista hacia el futuro, con una mezcla de nerviosismo y resolución. La oportunidad de comenzar de nuevo estaba ahí, y dependía de él cómo escribiría el siguiente capítulo de su historia.

Cirilo siguió el consejo del abogado y se fue a viajar por México. La conversión de dólares a pesos mexicanos le permitió comer bien y vestirse mejor. El dentista le colocó una nueva dentadura y, por primera vez, Cirilo ya no sentía dolor de artritis gracias a la cara medicación que ahora podía permitirse. Aunque su tic nervioso aún persistía, era más manejable con el tratamiento médico.

Ayudó a todos aquellos que alguna vez le habían tendido una mano y pagó cada una de sus deudas. Brindó apoyo a los desamparados, abandonados, olvidados, personas con discapacidad, desahuciados, huérfanos y viudas. Además, otorgó préstamos a pequeños empresarios que, con el tiempo, impulsaron la economía de Agua Fría y prosperaron durante muchos años, generando riqueza para las siguientes generaciones.

Durante muchos años, Cirilo recorrió México y exploró cada rincón del país. Un día, mientras estaba en el estado de Veracruz, entró en un restaurante y pidió un huatape de acamayas. Al probarlo, las lágrimas rodaron por sus mejillas al recordar su infancia. En los ríos de Agua Fría casi no quedaban acamayas, estaban prácticamente extintas y solo podían encontrarse en criaderos. Ese día, Cirilo disfrutó de tres platos de huatape de acamayas.

Finalmente, agotado por sus viajes, decidió regresar a Agua Fría. Allí descubrió una antigua hacienda transformada en el hotel Agua Fría.

Pacientemente, esperaba cada día, sentado en la terraza del hotel, hasta que una mañana divisó una silueta familiar en la cima del Cerro de la Cruz. Cirilo soltó una carcajada. Allí estaba de nuevo, vestida con su traje de charro negro, montada en su caballo azabache.

Se puso de pie y se dirigió hacia ella.

—No puedo negarlo, te debo la vida, Muerte —dijo estático y feliz—. ¡Me salvaste! ¡Fui salvado por la Muerte! Y si no es mucha molestia, Muerte, en mi próxima vida deseo ser mexicano otra vez.

Riendo, montó en el caballo azabache y cabalgó con la Muerte hasta que ambos desaparecieron en el horizonte detrás del Cerro de la Cruz, y nunca más se supo de Cirilo Flores.

Cirilo se convirtió en una leyenda en Agua Fría. Su historia de transformación, superación y redención se compartía de generación en generación. Las personas se inspiraban en su ejemplo y encontraban fuerza en los momentos difíciles al recordar cómo Cirilo había enfrentado su propia oscuridad y había encontrado la luz.

El hotel Agua Fría, en la antigua hacienda, se convirtió en un lugar de peregrinación para aquellos que buscaban esperanza y renovación. Los jardines florecían con las mismas flores que Cirilo había admirado en vida, y la terraza desde donde solía observar el Cerro de la Cruz se mantenía como un santuario de paz.

Los ancianos de Agua Fría compartían historias de cómo Cirilo había tocado sus vidas con su generosidad y compasión. Los niños escuchaban asombrados mientras imaginaban las aventuras de este hombre valiente que había desafiado a la Muerte y había encontrado un nuevo comienzo en medio de la adversidad.

Los rumores de que Cirilo seguía vivo en algún lugar del país se extendían de boca en boca. Se decía que a veces, en momentos de oscuridad, una silueta montada en un caballo azabache aparecía en la cima del Cerro de la Cruz, observando con ojos comprensivos y llenos de amor.

La gente continuaba buscando inspiración en la historia de Cirilo, recordando que la vida estaba llena de desafíos, pero también de oportunidades para transformar el sufrimiento en crecimiento y el dolor en esperanza. Y así, Cirilo Flores, el hombre que había desafiado a la Muerte y había encontrado su redención, vivió en la memoria y el corazón de todos aquellos que habían sido tocados por su historia.

Nota del autor

En el profundo tejido de La ley del mexicano, la alegoría florece como un jardín de significados entrelazados. Cada personaje y cada escena se convierten en pinceladas maestras que delinean los momentos cruciales de la historia mexicana y su posible evolución. A través de este intrincado tapiz, el autor pretende reflejar las etapas históricas que han marcado a México y su búsqueda constante por trascender sus ciclos recurrentes.

El simbolismo es el hilo conductor que teje cada detalle de esta narrativa. Cirilo Flores emerge como una encarnación de la nación misma, cargando el peso de su historia y los obstáculos que han frenado su desarrollo. Donkey-jote, con su nombre retorcido, se yergue como el símbolo de la ignorancia que ha frenado a México en cada encrucijada histórica. Los cuervos saqueando la milpa de maíz, en su voracidad destructiva, se convierten en la personificación de la corrupción que ha asolado el país en cada era. Los malhechores, portadores de violencia y caos, dan voz a los momentos oscuros que han ensombrecido el camino de México.

La Muerte, en su papel inusual, adopta una dualidad intrigante. Su decisión de no llevarse a Cirilo, sino de despojarlo de los lastres que lo aferraban al suelo, trasciende la imagen sombría que solemos asociar con ella. Aquí, la Muerte es un agente de transformación, un catalizador para la regeneración de un México agobiado por las sombras de su historia.

Las tres recurrencias históricas se despliegan como las etapas de un rito de paso, donde México enfrenta pruebas desafiantes y luego se alza con un sentido renovado de propósito. La primera recurrencia, durante la guerra de Independencia de 1810, simboliza el inicio de la lucha por la libertad y la autodeterminación. La Revolución Mexicana en 1910, la segunda recurrencia, emerge como una era de agitación y cambio, marcando la lucha por la justicia social y la igualdad.

Finalmente, en la tercera recurrencia en 2010, relacionada con los conflictos derivados de los carteles, la esperanza se cierne sobre el horizonte. México se libera de las cadenas que lo ataban a su historia de repetición y abre sus alas hacia la posibilidad de una nueva era. Aquí, el mensaje del autor es claro: las recurrencias históricas no son un destino inmutable, sino un llamado a la acción y al cambio.

En última instancia, La ley del mexicano se convierte en un reflejo poderoso de la resiliencia de México y su capacidad de transformación. A través del uso magistral de símbolos y metáforas, el autor transmite una promesa de progreso y prosperidad. En estas páginas, la historia y el futuro de México se entrelazan en una danza esperanzadora que invita al lector a imaginar un mañana más brillante y a embarcarse en un viaje de redención y trascendencia.

¡Bienvenidos al futuro!

Las puertas

La mayor desilusión que alguien puede enfrentar en la vida es ver caer del pedestal a la persona que más ama. Esto fue lo que le sucedió a Felipa cuando encontró a su madre con un amante. Pocos días después, su madre abandonó a toda la familia para irse con ese hombre y, a partir de entonces, las desgracias no dejaron de llover sobre el hogar.

A pesar de que habían pasado tres años desde el abandono, cada vez que el recuerdo de esa experiencia venía a la mente de Felipa, sentía odio y resentimiento, como sucedía en aquel preciso momento.

Las puertas de la memoria se abrían de manera implacable, dejando escapar los recuerdos que Felipa había intentado enterrar en lo más profundo de su corazón. Cada vez que cerraba los ojos, podía sentir el eco de la traición y la agonía que la habían atormentado desde aquel fatídico día. A pesar de sus esfuerzos por seguir adelante, las cicatrices emocionales seguían frescas, como si el tiempo se hubiera congelado en aquel momento de desesperación.

Felipa se encontraba en el pequeño jardín de la casa donde había crecido. El aroma de las flores que solían traerle consuelo ahora solo parecía avivar la tristeza que albergaba en su interior. Mientras el sol le sonreía en el horizonte, una sombra se cernía sobre ella, recordándole que su madre había preferido abandonar a su familia en busca de una pasión amorosa.

El viento susurraba historias de soledad y pérdida mientras las hojas caían suavemente al suelo. Felipa se aferraba a un viejo diario que había mantenido oculto en su habitación durante años. Cada página estaba llena de letras que expresaban su dolor y confusión, una manera de liberar las emociones que le resultaba imposible pronunciar en voz alta, pero lo más importante, era donde tenía escritas más de treinta canciones que ella misma había compuesto.

Una tarde, mientras hojeaba las páginas amarillentas, encontró una entrada que la hizo detenerse. Era una carta que su madre le había escrito poco antes de marcharse. Las palabras eran un torbellino de disculpas y explicaciones, pero también de amor y esperanza. Felipa no pudo evitar derramar lágrimas al leer las líneas escritas con la misma mano que la había sostenido cuando era niña.

Las palabras de su madre resonaron en su mente: «A veces, el amor nos lleva por caminos dolorosos y complicados. Pero nunca dudes de que, a pesar de mis errores, siempre te he amado y siempre te amaré».

Era hora de comer, y el aroma tentador de la comida casera se filtraba por cada rincón de la casa. El sol, cansado tras un largo día, lanzaba rayos dorados que parecían acariciar los muros pintados de colores vivos. Nana María, con su cabello plateado y su voz suave, pero llena de sabiduría, llamó a Felipa a la mesa con un gesto amable.

Mientras se acomodaban alrededor de la mesa, los rayos del sol se filtraban por las ventanas, creando un espectáculo de luces y sombras en la habitación. Su plato estaba servido con manjares regionales, cada bocado era un homenaje a las raíces y la cultura de Agua Fría. Nana María, con su delantal colorido y sus manos experimentadas, servía con amor y dedicación.

Mientras Felipa saboreaba el primer bocado, nana María comenzó a hablar con voz sosegada, pero llena de significado.

—México es mágico, pero también salvaje —susurró, como si las palabras llevaran consigo el eco de los siglos de historia y leyendas que habían dado forma al país. Miró a Felipa con sus ojos llenos de experiencia, como si a través de su mirada pudiera transmitir la esencia misma de la tierra que amaba—. Y así es como el mundo nos ve, gracias a los noticieros —continuó, suspirando profundamente. Había un rastro de tristeza en sus palabras, como si estuviera luchando contra las percepciones distorsionadas que a menudo prevalecían en los medios de comunicación—. México es un paraíso en la tierra, pero nosotros los mexicanos lo arruinamos todo —agregó con un matiz de autocrítica.

Mientras miraba el plato de pollo con verduras, la mente de Felipa se desviaba lejos de la cocina. Las gotas de lluvia golpeaban suavemente la ventana, creando un ritmo monótono que parecía acompañar sus pensamientos. El aroma reconfortante de la comida casera no lograba penetrar la coraza de melancolía que envolvía su corazón. Había sido un día terrible y aburrido para ella, una sucesión de horas que se arrastraban como si el tiempo mismo se hubiera detenido. Se sentía exhausta desde la noche anterior, como si hubiera estado luchando una batalla invisible mientras el mundo dormía ajeno a su tormento.

Nada mejoraba su estado de ánimo. Ni siquiera el murmullo de la radio en la esquina de la cocina, con sus voces alegres y canciones que solían hacerla sonreír. Era como si una sombra pesada se cerniera sobre su espíritu, oscureciendo cualquier destello de alegría que intentara emerger.

Deseaba simplemente desaparecer. Cerrar los ojos y desvanecerse en la neblina de sus pensamientos, alejándose de la realidad que la atormentaba. Anhelaba un refugio donde pudiera dejar atrás las preocupaciones y las expectativas que pesaban sobre sus hombros jóvenes. Pero ¿dónde encontraría ese refugio? ¿Cómo podría escapar de la espiral de emociones que la atrapaba?

Con dieciséis años, su único objetivo era escapar de una vida tormentosa que se volvía más dolorosa de lo que podía soportar. La mirada fija en el plato, su mente viajaba por senderos oscuros, explorando los recovecos de sus miedos y deseos. Su meta era simplemente sobrevivir un día más, encontrar la fuerza para enfrentar la batalla interna que amenazaba consumirla.

A lo lejos, el cielo comenzó a teñirse de tonos dorados y rosados, mientras el sol se preparaba para despedirse del día. Felipa sintió una extraña mezcla de desesperanza y resignación. Aunque el peso de su situación no desaparecería de la noche a la mañana, la belleza del atardecer le recordaba que la vida también podía ser frágil y hermosa al mismo tiempo. Era un recordatorio de que los momentos difíciles eventualmente darían paso a nuevos amaneceres y oportunidades.

Con un suspiro profundo, Felipa apartó la mirada del plato y observó a su alrededor. La casa, con sus rincones familiares, cobraba un matiz diferente bajo la luz tenue del atardecer. Las sombras parecían más suaves, menos amenazadoras. Tal vez, pensó, había un camino a través de la oscuridad, una forma de transformar su lucha en fuerza, su dolor en crecimiento.

Sin decir nada a nana María, Felipa se levantó con una gracia silenciosa de la mesa, una danza inadvertida de movimientos que la llevó lejos de la fragancia reconfortante de la comida casera. Se retiró a su habitación como una mariposa que busca refugio en un rincón tranquilo de su mundo interior. El peso de la jornada se reflejaba en su mirada, una mirada que había visto más de lo que sus jóvenes años deberían haber presenciado.

Al pasar por la sala, los sentidos de Felipa se vieron envueltos en una neblina de dulce melancolía. Una intensa fragancia de flores de cempasúchil bailaba en el aire, una ofrenda olfativa que traía consigo los ecos de tradiciones ancestrales. Cerró los ojos por un momento, permitiéndose sumergirse en la nostalgia que emanaba del ambiente. La fragancia la transportaba a momentos más sencillos, a días de risas compartidas y abrazos cálidos.

Alzó la mirada y sus ojos se encontraron con un altar de Día de Muertos que nana María había erigido con devoción. El altar, como un santuario en medio de la sala, estaba decorado con flores amarillas que parecían encenderse como pequeñas llamas de esperanza en medio de la oscuridad. Los pétalos se entrelazaban en un abrazo vibrante, como si cada flor tuviera una historia que contar.

La comida dispuesta sobre el altar era un tributo a los difuntos, una invitación para que se unieran al banquete de recuerdos y afecto. Felipa observó los platillos con respeto y cariño, sabiendo que cada bocado tenía la intención de traer de vuelta a los seres queridos por un momento, una reconciliación fugaz entre el mundo de los vivos y el de los que ya no estaban.

Las fotografías de los miembros de la familia que habían cruzado el umbral hacia la eternidad estaban dispuestas con una suavidad cuidadosa. Cada rostro capturado en papel era un vínculo con el pasado, una forma de mantener viva la conexión con aquellos que habían dejado huella en el tejido de la vida de Felipa. Los ojos de su abuelo parecían encontrar los suyos, una mirada que trascendía el tiempo y el espacio.

Felipa sintió una sensación de calma y reverencia mientras observaba el altar. Las llamas de las velas danzaban con una luminiscencia serena, llenando la sala con un resplandor suave. A medida que la noche avanzaba, las sombras proyectadas por la luz de las velas parecían tejer una historia propia en las paredes, una narración sin palabras que hablaba de amor y de pérdida, de presencia y de ausencia.

Cerrando los ojos, Felipa se permitió conectar con las memorias y los sentimientos que habían forjado su camino. Sabía que, aunque los seres queridos ya no estuvieran físicamente presentes, su influencia perduraba en cada latido de su corazón. El altar de Día de Muertos era más que una exhibición ritual, era un puente hacia la comprensión de que la vida y la muerte están entrelazadas en una danza eterna de transformación.

La mirada de Felipa, como un faro de emoción y nostalgia, se encontró con la foto de su hermana Celeste. La instantánea, enmarcada con una delicadeza que parecía capturar la eternidad en un pequeño rectángulo, estaba cuidadosamente colocada en el altar. Era como si el papel mismo resonara con la esencia de la joven que ya no estaba, que había dejado un rastro de alegría en su estela.

La memoria de aquel día de campo en la playa de Tecolutla, un día que el tiempo no podría borrar, emergió en la mente de Felipa como un suspiro acariciado por el viento marino. Las olas rugían en un ballet rítmico con la brisa, y el sol pintaba destellos dorados en el agua. Los compañeros de clase de Celeste reían y jugaban, sus risas llenando el aire con la melodía de la juventud. Era un día que parecía cosido con hilos dorados en la tela del recuerdo, un día que había capturado a dos hermanas en su abrazo cálido.

Fue un día de suerte para Felipa, un día en que la invitación de su hermana a unirse a la aventura de la playa abrió una puerta a momentos compartidos que nunca habían sido tan vibrantes, tan llenos de vida. Las risas de Celeste resonaban en los recovecos de su mente, como un eco que nunca se desvanecería.

Nunca habían sido tan felices juntas como en aquellos instantes, sin imaginar que la desgracia, siempre acechando en las sombras, las golpearía con una crueldad abrumadora justo en ese momento. El destino, inescrutable y a menudo implacable, les había arrebatado lo que más amaban en el mundo.

Descubrieron, de manera cruel y dolorosa, que la felicidad era pasajera, un regalo que podía ser arrancado de las manos en un instante. En el santuario de la mente de Felipa, la imagen de aquel día radiante de playa se entrelazaba con el recuerdo del dolor que siguió, como un contrapunto agridulce en la sinfonía de la vida.

Mentalmente, mientras atravesaba los corredores familiares, Felipa hablaba con su hermana en susurros de pensamiento, como si sus palabras pudieran trascender las barreras de la vida y la muerte. «¿Quién hubiera imaginado, hermana, que esa foto de Tecolutla sería la misma que usarían para tejer tu obituario?». Su voz interior temblaba con el eco de las palabras no dichas.

Continuó hablando con Celeste, como si estuvieran compartiendo un diálogo que trascendía las fronteras de lo tangible. «Al menos, en esa imagen, saliste hermosa, con tu mejor sonrisa», murmuró con ternura. Era como si sus palabras fueran una ofrenda silenciosa a la memoria de su hermana, un intento de transmitir la belleza de su espíritu a través de las sombras del pasado.

Al entrar a su habitación, una ola de dolor barrió su ser como el viento que acaricia las hojas en otoño. La habitación, una caja de recuerdos que atesoraba momentos compartidos y los anhelos de un futuro que nunca se materializaría, parecía tomar vida con sus suspiros silenciosos y sus sombras susurrantes. La luz que filtraba por las cortinas parecía tener un tono melancólico, como si el mismo sol compartiera el peso de la tristeza que se reflejaba en los ojos de Felipa.

El aire, denso con la carga de memorias entrelazadas, resonaba con el eco del pasado. Y en ese espacio íntimo, donde las paredes parecían ser testigos mudos de la historia de una familia rota, Felipa sintió que una mano gélida rozaba su corazón. La imagen de su hermana fallecida, como un espectro que no cesaba de rondar, se dibujó ante sus ojos con una claridad que parecía casi tangible. Era como si cada objeto en la habitación vibrara al unísono con el dolor que anidaba en su interior.

Un escalofrío, como una nota discordante en la sinfonía de la vida, atravesó su cuerpo de manera implacable. Las imágenes retorcidas y desgarradoras del pasado surgieron como fragmentos de un sueño que no puede ser olvidado. El mar, una vez un símbolo de libertad y alegría compartida con su hermana, ahora era un abismo oscuro que amenazaba con engullir sus pensamientos y emociones.

El recuerdo del momento en que sacaron el cuerpo sin vida de su hermana del mar estaba grabado en la memoria de Felipa como un tatuaje en la piel del alma. El sonido de las olas parecía transformarse en un coro de lamentos, y el viento susurraba historias trágicas mientras las lágrimas se mezclaban con el agua salada. Era una herida que nunca se cerraría por completo, un nudo en el corazón que se apretaba con cada latido.

Desde ese instante fatídico, Felipa había desarrollado un miedo intenso al agua. Incluso el sonido de la lluvia golpeando las ventanas le recordaba la fragilidad de la vida y la implacable naturaleza de la muerte. La idea de sumergirse en el mar, una vez un refugio de risas y sueños compartidos, ahora era una pesadilla que se repetía en su mente, una puerta que se negaba a cerrarse.

En medio de la penumbra de su habitación, Felipa se dejó caer en su cama, sintiendo el peso del pasado como un ancla que amenazaba con arrastrarla hacia lo profundo. Las lágrimas, como gotas de agua liberadoras, encontraron su camino por sus mejillas mientras el silencio de la habitación se llenaba con el eco de su dolor. En su mente, habló con su hermana en un lenguaje que solo ellas compartían, un diálogo íntimo que trascendía las barreras entre la vida y la muerte.

Y en esa habitación cargada de emociones y recuerdos, Felipa encontró un atisbo de consuelo en la idea de que, aunque el agua la asustara y la vida hubiera llevado a su hermana por un camino insondable, su amor seguía siendo un puente entre los mundos. Con el corazón en un nudo y los ojos cerrados, se permitió creer que, de alguna manera, el lazo que entre ellas existía trascendería la distancia y el tiempo, manteniendo viva una conexión que ni la muerte podía romper.

También sufría de aracnofobia, un terror que se arrastraba en los rincones de su mente como una sombra oscura que se resistía a desaparecer. Cada día, al regresar de la escuela, el ritual de inspeccionar su habitación se convertía en una danza de precaución, como si estuviera buscando los rastros invisibles de criaturas que la habían atormentado desde el día que un compañero de clase desató el caos de su miedo.

La habitación, que una vez había sido su refugio de sueños y pensamientos serenos, ahora se sentía como un campo minado de ansiedad y angustia. La cama, cada rincón, incluso las sombras que se proyectaban en la pared, todo era susceptible de una inspección minuciosa. Cada objeto, cada sombra, podía esconder la criatura de ocho patas que se había incrustado en su mente como un tatuaje de pánico.

Todo comenzó cuando un compañero de la escuela, una figura que parecía ser portadora de pesadillas, llegó a clase con cuatro tarántulas colgadas en su pecho. El muchacho, con una sonrisa siniestra y un aire de triunfo, caminaba por los pasillos de la escuela como un paladín de lo grotesco. Con orgullo retorcido, desplegaba ante los ojos de sus compañeros las tarántulas peludas y espeluznantes, cada una del tamaño de un puño humano.

Los corazones latían con una mezcla de fascinación y repulsión mientras las arañas se arrastraban en sus manos, sus patas tocando el aire en una coreografía de horrores. Las chicas gritaban y apartaban la mirada, pero Felipa quedó paralizada por el espectáculo macabro que tenía lugar ante sus ojos. Las imágenes de las tarántulas, con sus cuerpos amenazantes y sus patas espinosas, se grabaron en su mente como una pesadilla que se resistía a desvanecer.

A partir de ese momento, su relación con las arañas se tornó en una batalla constante entre el deseo de escapar de su miedo y la angustia que se apoderaba de su mente. Las arañas, que antes eran simplemente insectos, se habían convertido en símbolo de un temor que parecía tomar vida propia. La piel de Felipa se erizaba con solo pensar en la textura de sus cuerpos, y el mero pensamiento de encontrarse cara a cara con una araña hacía que su respiración se volviera errática.

Aunque sabía que las arañas eran inofensivas en su mayoría, su fobia había tomado raíces profundas, alimentada por la experiencia traumática de aquel día en la escuela.

Incluso cuando intentaba racionalizar su miedo, las imágenes de las tarántulas colgando del pecho del muchacho resurgían en su mente, como fantasmas que no pueden ser desterrados. Era como si su memoria hubiera sido secuestrada por el evento, y el presente seguía siendo una lucha constante entre el deseo de superar su miedo y la fuerza paralizante de la fobia.

Los chicos solían aventurarse a un lugar conocido en el rincón de su pequeño universo como «la puerta», un umbral hacia lo desconocido que estaba enclavado en su imaginación y en la geografía del lugar. Allí, en ese lugar remoto, un pedregal misterioso se alzaba como un monumento natural, un lugar donde las tarántulas, guardianas de secretos arcanos, habían hecho su morada. Las historias que circulaban en sus susurros juveniles hablaban de nidos ocultos bajo la tapa de piedra, un enjambre de arácnidos que esperaban ser descubiertos por manos atrevidas.

Lo que para algunos sería una empresa llena de peligro y temor, para esos muchachos audaces se había convertido en una suerte de rito de paso, un desafío a la naturaleza misma. Con valentía mezclada con la imprudencia propia de la juventud, se aventuraban a voltear cualquier piedra, cada una sosteniendo la posibilidad de un encuentro inesperado con el mundo oscuro de las tarántulas. Un palo en forma de V, como una vara mágica que invocaba a las criaturas peludas, era su herramienta para extraerlas de sus escondites.

Con manos hábiles y una confianza que rozaba la temeridad, sacaban las tarántulas de sus nidos, sujetándolas con el arco del palo, como si fueran trofeos de un mundo prohibido. La danza de araña y palo, de destreza y valentía, culminaba en un ritual quirúrgico. Con determinación meticulosa, volteaban a la tarántula, como si estuvieran revelando su vulnerable vientre al mundo. Un cortaúñas, una hoja de corte transformada en herramienta de dominio, se adentraba en la operación, extrayendo los colmillos letales, esos inyectores de temor.

Drenar el veneno, el líquido que encerraba el poder mortal de esas criaturas, transformaba a las tarántulas en seres indefensos, como si la esencia de su peligro se hubiera evaporado con cada gota. El ritual, una mezcla de dominio y transformación, dejaba a las arañas inofensivas, convirtiéndolas en marionetas sin hilos en manos de los chicos.

Pero a pesar de esta *inocencia* artificial, el terror persistía en la memoria de quienes habían sido testigos. El acto de mirar a esas tarántulas, ahora desarmadas y sin veneno, superaba cualquier miedo por su poder letal. Eran como fantasmas de su antiguo yo, presencias despojadas de su aura amenazante, pero cuyos recuerdos mantenían su emoción en el espectro del miedo.

Sin embargo, Felipa permanecía en la sombra de la comprensión. Las hazañas temerarias de esos chicos audaces eran un enigma para ella, una paradoja inexplicable. Mientras estos muchachos se lanzaban al mundo con una intrépida confianza, ella se encontraba atrapada en el laberinto de sus propios temores, incapaz de comprender cómo podían enfrentar lo desconocido con la misma facilidad con la que respiraban.

Mirando desde la distancia de su propio miedo, Felipa se preguntaba por qué había chicos que parecían ignorar el terror, mientras ella se debatía en las garras de la aprensión. Cada nuevo día se le presentaba como un desafío, una puerta que se abría hacia lo desconocido, una oportunidad para enfrentar sus propios miedos y descubrir el poder que estaba latente dentro de sí misma. Pero, al igual que las tarántulas desarmadas, su valor se había vuelto frágil, y enfrentar el amanecer le parecía una odisea que requería una valentía que aún no había descubierto en su interior.

Terminó su tarea al atardecer, un último acto antes de sumergirse en la penumbra que se cernía como un manto oscuro sobre su mundo. Deseaba que la noche se aplazara, que el sol retuviera su último aliento de resplandor. Sin embargo, la inevitabilidad del ciclo seguía su curso, y el día se desvanecía con la misma certeza con la que las sombras conquistaban el terreno.

A pesar de que se había enfundado en el abrazo reconfortante de su pijama, sabía que debía ceder ante el llamado del sueño. Pero la resistencia persistía en su espíritu como una llama tenaz que no se extinguía. La habitación, ese santuario de sueños y sombras, estaba empapada de energías densas, como si el peso de su propio miedo hubiera impregnado las paredes y los muebles.

La llegada de la noche era una agonía interminable para Felipa, un laberinto de incertidumbre en el que se encontraba perdida sin brújula ni guía. Las estrellas, puntos de luz titilante en el lienzo negro del cielo, no le ofrecían consuelo. Cada noche, al cerrar los ojos, se adentraba en un reino de pesadillas, un escenario en el que las reglas eran dictadas por fuerzas que escapaban a su control.

Y entonces aparecían, como sombras acechantes que se arrastraban desde las profundidades de la oscuridad. Cuatro entidades, cada una llevando consigo un terror único. El espejo, un reflejo distorsionado de sus propios temores, la confrontaba con versiones deformes de su ser. Las puertas, guardianas de umbrales invisibles, eran laberintos interminables que no conducían a ninguna parte. El agua, una masa líquida que la arrastraba hacia lo profundo, la sumía en una asfixia espiritual. Y luego, el merodeador, conocido también como el Nahual, una criatura enigmática que habitaba en la delgada línea entre el mundo humano y el espiritual, traía consigo una promesa de oscuridad insondable.

Estas entidades, como marionetas de un teatro macabro, se presentaban en su mundo onírico para castigarla. Cada noche, el destino parecía traer una nueva aflicción, una pesadilla que se adentraba en su mente y se enroscaba como una serpiente venenosa. La inmovilidad de su sueño no ofrecía escapatoria; era como si su voluntad se desvaneciera en la negrura de la noche, dejándola a merced de estos espectros atormentadores.

Felipa luchaba, resistía, trataba de mantenerse despierta el mayor tiempo posible, como un marino en una balsa a la deriva tratando de evitar los remolinos del abismo. Pero, a pesar de sus esfuerzos heroicos, la somnolencia siempre la vencía, el abismo la arrastraba inexorablemente y sus ojos cerrados eran la puerta hacia un mundo en el que su propio terror era amo y señor.

Así, la noche se convertía en un campo de batalla, un conflicto interior en el que Felipa se enfrentaba a sus demonios más oscuros. Mientras las estrellas guardaban silencio en su vigilancia cósmica, su mente era el escenario de una lucha épica entre la luz de su conciencia y las sombras de su miedo. Cada amanecer, ella emergía de la oscuridad como una guerrera cansada pero persistente, lista para enfrentar otro día en la batalla constante contra su propia pesadilla interna.

Esa noche, la oscuridad trajo consigo un castigo singular: las puertas. Felipa se encontró atrapada en un laberinto de mil umbrales, cada uno cargado con un simbolismo intrincado. Cada puerta, un pórtico a lo desconocido, llevaba consigo el peso de su destino, de su camino a través de la vida. Algunas eran como tesoros escondidos, portadoras de bendiciones y éxitos, mientras que otras eran portales hacia la desgracia y la adversidad.

Cada puerta, un microcosmos de oportunidad o desventaja, se alzaba como un enigma que solo podía ser resuelto por aquellos cuyos nombres estaban escritos en las estrellas. Las puertas, que parecían sencillas en su forma, eran las guardianas de un laberinto complejo de elecciones y destinos entrelazados.

Felipa, como una exploradora en un bosque de posibilidades, se encontraba en medio de este laberinto de puertas. Sin embargo, no buscaba para sí las que se abrían hacia el éxito o el triunfo. Ella, valiente y noble en su anhelo, se aferraba a las puertas que eran para otros: las puertas de las bendiciones, de la paz, del amor, de la sabiduría. Las contemplaba con ojos esperanzados, como si pudiera alcanzarlas con el estirar de su mano.

La búsqueda fue ardua y tenaz en esa noche silente. Cada puerta, con su significado único y su misterio innato, se resistía a ser revelada. Felipa, en su incansable exploración, buscaba encontrar cuántas de estas puertas mágicas se abrían para ella. La decepción se insinuó en su corazón, como una sombra oscura que amenazaba con ensombrecer su esperanza. Entre las puertas, solo una ofrecía su camino, un camino incierto pero disponible.

Hubo momentos en que la tentación la acariciaba como un susurro en el viento. La única puerta que estaba dispuesta a ceder ante su toque la llamaba, una invitación a cruzar hacia lo desconocido. Pero Felipa, con una fortaleza interior que parecía crecer con cada desafío, se controlaba, resistiéndose a sucumbir ante la facilidad de esa elección. Sabía que las puertas, como las hojas de un libro, no podían ser juzgadas por sus portadas solamente.

Persistió en su búsqueda, en su exploración de esos pasajes dimensionales. Sin embargo, las puertas que anhelaba, las de bendición y prosperidad, seguían cerradas para ella. En la vastedad de ese laberinto, otras personas, sus destinos tejidos en otras telas cósmicas, encontraban sus puertas abiertas. Puertas de prosperidad, de abundancia, de conocimiento, de vida, de felicidad... Su suerte parecía como un regalo de los dioses, y la envidia creció en el corazón de Felipa como una planta venenosa.

Deseaba con fervor lo mismo que ellos tenían: ser feliz, ser amada, disfrutar de la abundancia y el conocimiento, tener una vida que rebosara de significado. Sin embargo, como una sombra que no podía escapar de su lado, siempre terminaba con las manos vacías, contemplando las puertas cerradas.

La única puerta que permanecía abierta, como un faro en la oscuridad, esperaba pacientemente su elección. Pero Felipa, consciente de la importancia de su decisión, prefirió continuar su búsqueda. En el pasado, había intentado cruzar esa puerta en dos ocasiones, pero el resultado había sido la derrota. Con la sabiduría nacida del fracaso, prefería esperar, confiando en que alguna noche, en algún rincón del laberinto de su destino, una puerta más propicia se abriera ante sus ojos cansados. Era un acto de resistencia ante la prisa y una manifestación de su valentía en la espera.

A la mañana siguiente, los albores del día trajeron consigo la sensación de haber navegado por mares oscuros y traicioneros durante la noche. Felipa, con sus ojos que parecían ser faros tenues en medio de la neblina, se preparó para enfrentar una nueva jornada escolar, una batalla contra la fatiga que la había asediado como una sombra insidiosa. La falta de sueño había dejado su huella en su semblante, un lienzo pálido y marcado por los rastros del insomnio.

Cada paso que daba parecía ser un esfuerzo titánico, como si arrastrara cadenas invisibles que amenazaban con arrastrarla de nuevo a la oscuridad de la noche anterior. Su energía estaba agotada, sus pensamientos nublados por una niebla que era tanto física como emocional. Había enfrentado las tormentas internas que la asolaban mientras el mundo estaba sumido en el silencio de la noche, y ahora enfrentaba las expectativas del día con una voluntad que parecía casi extinguida.

Nana María, como un ángel guardián que se materializaba en el mundo terrenal, la ayudaba a vestirse. Sus manos eran cálidas y reconfortantes, como un refugio en medio de la tormenta. Pero había un abismo entre ellas, un abismo que se forjaba en la brecha entre lo que Felipa experimentaba en la oscuridad de sus pesadillas y lo que nana María podía entender. Los esfuerzos de Felipa por explicar sus sufrimientos nocturnos chocaban contra el muro de la incredulidad, y sus palabras, como hojas llevadas por el viento, parecían desvanecerse en el aire.

Nana María, en su sabiduría y amor maternal, se aferraba a una explicación que encajara en su comprensión del mundo: «¡Tienes que dejar de ver películas de terror, no son buenas para ti!», decía, como si las sombras que acosaban a Felipa pudieran ser disipadas por la lógica simple de la realidad. Pero los demonios que la perseguían en sus sueños no eran fruto de películas ficticias, sino manifestaciones de su propio miedo y ansiedad.

La indiferencia de nana María, aunque inadvertida, era como un eco en el alma de Felipa. La joven se encontraba atrapada entre la necesidad de ser comprendida y la dura realidad de la falta de comprensión. Lágrimas silenciosas eran su respuesta a la desconexión entre sus palabras y la percepción de los demás. Mientras Felipa lidiaba con los horrores internos que la acosaban, nana María ofrecía palabras de aliento en medio de un mar de indiferencia.

Y entre las palabras bienintencionadas de nana María, un mantra resonaba: «¡Eres una joven muy fina y afortunada, con un futuro brillante por delante!». Era una afirmación que se repetía como un eco, una promesa de un mañana mejor. Sin embargo, el futuro brillante parecía estar enmarcado por las sombras de la noche, y Felipa luchaba por encontrar el puente que conectara sus angustias nocturnas con el camino luminoso que se le prometía.

Así, en la encrucijada entre la incomprensión y la promesa de esperanza, Felipa se enfrentaba cada día como una mariposa luchando por emerger de su crisálida. Sus ojos cansados seguían mirando al horizonte, donde las puertas del destino y las puertas de su corazón se entrelazaban en una danza de posibilidades y misterios.

Felipa anhelaba liberarse, escapar de las cadenas invisibles que la aprisionaban, pero la oscura telaraña de su angustia se enredaba alrededor de su corazón como un laberinto sin fin. La urgencia de huir ardía en su pecho, una llama que no se atenuaba, aunque las causas de su desesperación fueran como fantasmas elusivos, ocultos en los recovecos de su mente. No sabía con certeza de qué estaba escapando, solo que la opresión era tan real como el aire que respiraba.

Cada alba, mientras el sol pintaba el cielo con tonos dorados, Felipa se dirigía a la escuela, como una actriz que interpretaba un papel en un drama en el que no se sentía encajar. En su salón de clases, se sentaba en su pupitre, pero su mente vagaba lejos, en un mundo donde los sueños eran su única compañía. La vida, con su ritmo constante y sus voces entrelazadas, pasaba a su alrededor como una danza a la que no podía unirse. Era como si estuviera atrapada en una dimensión paralela, observando mientras otros vivían sus vidas, desconectada de todo lo que la rodeaba.

La fragilidad de su estado emocional se manifestaba en su mirada, en sus gestos, en las palabras que quedaban atrapadas en su garganta. Se sentía como un cristal delicado, a punto de romperse con el más ligero toque. La vulnerabilidad la envolvía como un manto oscuro, haciéndola sentir expuesta a los vientos implacables del mundo. Abandonada en su propia lucha, anhelaba un refugio, un lugar donde sus pesares pudieran disolverse.

En el aula, el tiempo pasaba en un compás lento y doloroso. Las clases de Matemáticas y Español se volvían pesadillas, como una tormenta que amenazaba con llevarla a lo profundo. Cada lección, cada fórmula, parecía una montaña imposible de escalar. La escuela, en lugar de ser un santuario de aprendizaje, se convirtió en un laberinto de frustración y ansiedad. La concentración se escapaba de sus manos como arena, y sus esfuerzos por retener el conocimiento eran como capturar el viento.

En medio de esta lucha interna, la escuela se transformó en un campo de batalla donde su propia mente era el enemigo. El simple acto de sentarse en el aula se volvía un acto de resistencia, una lucha por mantenerse a flote en un mar de dificultades. Cada paso adelante parecía ser seguido por dos pasos hacia atrás, como si la corriente del tiempo la arrastrara con una fuerza que estaba más allá de su control.

Sin embargo, a pesar de la tormenta que la envolvía, había un resplandor de determinación en el corazón de Felipa. A pesar de la oscuridad que la rodeaba, persistía en su búsqueda de un sentido, de una salida, de un rayo de luz que pudiera iluminar su camino. Aunque las lágrimas se acumulaban en sus ojos y la frustración amenazaba con quebrar su espíritu, ella seguía adelante, cada día una prueba de su coraje y perseverancia en medio de la adversidad. En su lucha por encontrar su lugar en el mundo, Felipa estaba tejida con hilos de esperanza, una narrativa en constante evolución que la llevaría a cruzar las puertas hacia un mañana incierto pero lleno de posibilidades.

Aquel día, como tantos otros, la caminata de regreso a casa desde la escuela fue como cruzar un puente suspendido entre la realidad y el abismo de sus pensamientos. Cada paso, como una nota discordante en una sinfonía desafinada, resonaba en sus oídos y se mezclaba con los susurros incesantes que habitaban su mente. El mundo exterior parecía un reflejo borroso de su propia lucha interna, una lucha que cada día cobraba más fuerza y peso.

En la mesa de la cena, la comida parecía una distracción insignificante ante la vorágine que rugía en su interior. Los bocados apenas rozaban sus labios, como si sus pensamientos fueran los únicos comensales en ese banquete. Nana María, con su amor maternal y preocupación palpable, no podía evitar expresar su inquietud. Sus palabras eran como una sinfonía de amor y preocupación, un intento de sacarla del torbellino en el que estaba atrapada: «No te estás alimentando lo suficiente, mi niña», decía, mientras su mirada transmitía un mar de deseos no dichos.

Sin embargo, la comida, que en otro tiempo podría haber sido un consuelo, había quedado relegada al rincón más oscuro de las prioridades de Felipa. Los monstruos que la acosaban, criaturas nacidas de sus miedos y ansiedades, habían crecido hasta convertirse en gigantes que dominaban su mente. Cada noche, mientras la luna se elevaba en el firmamento, los monstruos se alzaban como sombras que se agigantaban, amenazando con devorarla entera.

Era una lucha desgarradora, una batalla contra enemigos invisibles pero implacables. Felipa sabía que ella misma, en una paradoja cruel, había contribuido a nutrir a esos monstruos. Cada pensamiento de temor, cada duda y ansiedad, era como una gota en un río que crecía en ferocidad con el tiempo. Reconocía su papel en el tormento que la consumía, como si fuera un alquimista involuntario que convertía sus emociones en monstruos indomables.

Después de la cena, se retiró a su refugio, su habitación. Allí, la tarea la esperaba como una amiga que compartía su carga. Cada problema resuelto, cada fórmula resuelta, era como un pequeño triunfo que le recordaba que aún podía conquistar sus desafíos. Pero era la música, la guitarra entre sus manos, lo que le permitía escapar momentáneamente de las garras de sus pensamientos.

Las cuerdas de la guitarra vibraban bajo sus dedos, como susurros de otra realidad, de otro mundo. Las melodías fluyeron como ríos de emociones que buscaban encontrar una salida. Cada acorde era un destello de luz en medio de la oscuridad que la envolvía, un destello de esperanza en un paisaje mental sombrío.

Horas pasaron como hojas en el viento, mientras Felipa tocaba, una y otra vez, hasta que sus dedos ardían y sus pensamientos comenzaban a ceder terreno. La guitarra, como un faro en la noche, la guiaba a través de las aguas turbulentas de su mente. Cada nota era una declaración de que ella, a pesar de todo, seguía siendo la dueña de su propio destino, una guerrera en medio de la batalla contra sus propios monstruos internos.

Y así, en la calma relativa de su habitación, Felipa encontraba un respiro en la tormenta. La música, como una llave mágica, desbloqueaba las puertas de sus emociones y permitía que las lágrimas y los suspiros fluyeran como un río. Cada acorde, cada trémolo, era una declaración de su resistencia, de su determinación de mantener viva la llama de su espíritu en medio de la oscuridad. En el refugio de su habitación, entre las notas que danzaban en el aire, Felipa escribía su propia canción de lucha y esperanza, una melodía que la guiaba a través de la noche y hacia un nuevo amanecer. Su grabadora era su mejor amiga, aunque ya desgastada por los pasos de los años, aún conseguía inmortalizar las canciones de Felipa.

Cuando el trágico adiós de Celeste arrojó su sombra sobre la familia, Felipa se aferró a la guitarra acústica que alguna vez había pertenecido a su hermana. Las cuerdas resonaban como un eco de los recuerdos compartidos, una conexión tangible con el espíritu de la que se había ido demasiado pronto. En sus manos, la guitarra se convirtió en un puente entre el mundo terrenal y el reino de los recuerdos.

Como una alquimista de emociones, Felipa descubrió en las cuerdas de la guitarra una forma de traducir su dolor en arte. A medida que las notas se entretejían en el aire, su corazón encontraba una voz en las canciones que comenzó a componer. Aquel rincón de madera y metal se convirtió en un santuario donde su espíritu podía fluir libremente, donde los pensamientos y sentimientos que habían sido silenciados encontraban una salida.

La primera canción que emergió de su corazón y su guitarra se tituló *En algún lugar*. Las palabras, como pinceladas en un lienzo blanco, tomaban forma en sus labios mientras cantaba sobre un amor que la buscaba en los rincones escondidos del universo. La canción era un susurro de esperanza en medio de la oscuridad, una declaración de que incluso en su soledad, el amor la encontrará algún día. El coro resonaba como un mantra, una promesa que ella misma se hacía: «Sé que estás en algún lugar, y se que escuchas mi sufrir, nuestros caminos se unirán».

Sus sueños eran un reflejo en el espejo de la canción. En las notas que brotaban de su guitarra, imaginaba una vida de amor y dicha. Veía ante sus ojos cerrados la visión de un futuro compartido: un matrimonio, risas de niños, aventuras tejidas con hilos dorados de felicidad y bendiciones. Era un mundo que construía con cada acorde, una realidad que tomaba forma en las palabras y melodías que fluían de su ser.

Incluso en los momentos más íntimos, en la soledad de su baño, Felipa encontraba un escape en sus sueños. Ante el espejo, sus labios se encontraban con el reflejo que la miraba con ojos llenos de esperanza. Besaba el cristal como si estuviera besando al amor que aún no había encontrado, como si sus labios pudieran traspasar el velo del tiempo y el espacio. Preparó su grabadora y se puso a grabar. Así era la canción:

En algún lugar:

Sé que eres tú el amor de mi vida,
y que estás ahí en algún lugar, esperándome.
No te conozco, ni siquiera imagino cómo serás,
pero en tu cara puedo dibujar, llamándome.

En la distancia escucharás,
te estoy llamando desde aquí,
hoy te quisiera encontrar.
Por favor, calma mi sufrir.
Sé que estás en algún lugar,
hoy sí vamos a coincidir,
nuestros caminos se unirán.
Es nuestra historia por vivir.

Ando en busca del amor de mi vida,
el destino me ayudará, lo voy a encontrar.
Y si el destino se atreve a negarme la oportunidad,
no te preocupes mi amor yo te espero aquí en la eternidad.

En la distancia escucharás,
te estoy llamando desde aquí,
hoy te quisiera encontrar.
Por favor, calma mi sufrir,
sé que estás en algún lugar,
hoy sí vamos a coincidir,
nuestros caminos se unirán.
Es nuestra historia por vivir.

En la distancia escucharás
te estoy llamando desde aquí,
hoy te quisiera encontrar.

Por favor, calma mi sufrir,
sé que estás en algún lugar,
hoy sí vamos a coincidir,
nuestros caminos se unirán.
Es nuestra historia por vivir.

Las palabras fluyeron como un río en la mente de Felipa, una oda a la esperanza y al amor que creía destinado para ella. En cada acorde, en cada verso, dejaba una parte de sí misma, una promesa de que seguiría buscando, seguiría esperando, con la certeza de que, en algún lugar, su amor la encontraría.

La llegada de la noche envolvió el ambiente con una oscuridad que parecía tener vida propia. Felipa sabía que enfrentar la entidad era inevitable, una lucha que no solo ocurría en el mundo de los sueños, sino también en los recovecos de su alma. La anticipación, un eco doloroso que reverberaba en su ser, era una espada de doble filo, pues el miedo a lo desconocido era a menudo más angustiante que el propio encuentro.

La ansiedad crecía como un fuego que se alimentaba de sus pensamientos, amenazando con consumirla. Cada respiración era un esfuerzo consciente, un intento por controlar la turbulencia que se agitaba en su interior. El miedo se aferraba a sus huesos, como un intruso indeseado que no tenía intención de marcharse.

La noche avanzaba, marcada por el tic-tac inexorable del reloj. Como una guerrera en el umbral de la batalla, Felipa luchaba por mantenerse despierta, resistiendo el llamado del sueño que era a la vez un refugio y una trampa. La lucha interna era intensa, una batalla por mantenerse en pie en un campo de agotamiento y desesperación.

Finalmente, el sueño la envolvió, una manta que parecía abrazarla y arrastrarla a un mundo que a menudo era más oscuro que la misma vigilia. La llegada del Nahual, marcada por el olor a azufre, era como un viento gélido que se filtraba por las grietas de su consciencia. En esos momentos, pedía auxilio a su hermana Celeste, una conexión que trascendía las fronteras entre la vida y la muerte.

El Nahual, con su presencia ominosa, usaba máscaras cambiantes, una galería de metamorfosis que reflejaba la diversidad de sus miedos y pesadillas. Esa noche, el rostro oculto detrás de una máscara de perro parecía un eco de su propia vulnerabilidad, un recordatorio constante de que, en su lucha, también enfrentaba aspectos de sí misma que prefería no ver.

Paralizada, las cadenas del miedo la mantenían inmovilizada, como si sus músculos hubieran sido congelados por una magia sombría. Los ojos cerrados, sus labios murmuraban oraciones, palabras de súplica que se elevaban como plegarias en la noche silenciosa. La posesión del Nahual era como un trance en el que su voluntad era prisionera de una danza macabra.

El tiempo perdía sentido en medio de ese torbellino de emociones y sensaciones. Las agujas del reloj parecían detenerse, y Felipa era arrastrada a un mundo de pesadillas que no conocían límites. Sus recuerdos y su identidad eran consumidos por la vorágine de la experiencia, una lucha que dejaba cicatrices invisibles en su alma.

Después, cuando el Nahual finalmente soltaba su presa, Felipa emergía de ese oscuro abismo con la sensación de ser un barco naufragado en aguas turbias. Su ser se sentía devastado, como si hubiera sido utilizado como un títere en una representación grotesca. Las emociones eran un caos indescifrable, y el eco de los nombres despectivos que se infligía a sí misma resonaba en sus oídos.

A menudo se preguntaba por qué continuaba sometiéndose a esta tortura interna, por qué permitía que su mente fuera un campo de batalla donde los monstruos luchaban por su dominio. En medio de la oscuridad, encontrar belleza en su vida parecía una tarea imposible, como buscar luz en un pozo profundo.

Pero en los momentos de calma, entre las sombras de la noche, existía un destello de la fortaleza que yacía en su interior. Era un destello que le recordaba que, a pesar de las tormentas que la acosaban, ella era una luchadora incansable. Cada noche, aunque enfrentara el horror, era una victoria sobre el miedo. Y aunque se perdiera en el laberinto de sus pesadillas, siempre encontraba un camino de regreso a la luz.

Cada amanecer llegaba como un desafío, un llamado a la batalla contra los seres que habitaban su mente durante la noche. El sueño, en lugar de ser un refugio, se había transformado en un campo de batalla donde las pesadillas se disputaban el control. Las noches eran un robo de sueño y vitalidad, dejando a Felipa exhausta al enfrentar un nuevo día.

El ritual matutino, con la asistencia amorosa de nana María, se convertía en una danza de máscaras que ocultaban la lucha interna que rugía dentro de ella. Se arreglaba, con esfuerzo, para enfrentar el mundo exterior. Una súplica de «ayúdame» que Felipa sentía por dentro a los oídos sordos de nana María.

Sus pasos la llevaban hacia la escuela, acompañada por tres compañeros que desconocían el oscuro laberinto que habitaba en su mente. Para ellos, Felipa era una figura de apariencia normal, un futuro prometedor extendiéndose ante ella como un camino de posibilidades. En los ojos de muchos, el reflejo de su éxito era incuestionable.

Sin embargo, en los pasillos de la escuela y bajo las sonrisas de sus compañeros, se escondía un misterio: la pregunta constante de por qué Felipa faltaba tan a menudo. Era un rompecabezas que generaba susurros y miradas inquisitivas. La ausencia en el aula era un punto de conversación, una incógnita que intrigaba a muchos. Si tan solo supieran el peso de las noches en su espalda, si pudieran ver las batallas que libraba en la oscuridad de su habitación.

El contraste entre la imagen externa y la realidad interna era una brecha insalvable. A ojos de los demás, Felipa era una joven como cualquier otra, una estudiante con un horizonte brillante. Pero dentro de sí misma, era una forastera en su propia mente, una intrusa en un mundo que parecía escapar a su control. La dualidad entre la percepción pública y la realidad privada era un abismo que la consumía.

Cada uno de nosotros es como un tríptico, con tres dimensiones de vida. Una, la pública, una máscara que mostramos al mundo; otra, la privada, que solo compartimos con los más cercanos; y la tercera, la secreta, una parte oculta que solo nosotros conocemos. Felipa era un ejemplo perfecto de esta trinidad, una joven cuyo rostro sonriente ocultaba un conflicto interno que desgarraba su alma.

El mundo exterior, bañado por la luz del sol, era un escenario donde las apariencias dominaban. Nadie podía penetrar las capas de su piel para vislumbrar la tormenta que ardía dentro de ella. El secreto de su lucha nocturna, la batalla con los seres de oscuridad, estaba a salvo de las miradas ajenas. Si tan solo la gente pudiera ver bajo la superficie, si tan solo pudieran entender el peso de sus noches insomnes, pensarían diferente.

La locura, un término que esconde la complejidad de las mentes humanas, sería el juicio precipitado de aquellos que no han vivido la noche oscura del alma. Porque no es lo mismo ver la vida desde la oscuridad que bajo el brillo del sol. No es lo mismo vivir el tormento de las noches sin sueño que observar desde afuera. Y así, en esa dualidad de lo visible y lo invisible, la vida de Felipa se tejió como un tapiz de contradicciones y luchas internas, una narrativa que solo ella podía comprender en su totalidad.

En el recorrido de su jornada, el destino entrelazó los pasos de Felipa con los de Cirilo Flores, un personaje peculiar que emergía de los pliegues del pueblo. El semblante de Cirilo, hábilmente fingido, sugería un cautiverio ficticio, como si fuerzas invisibles lo arrastraran en un juego de apariencias, su figura se movía en un tira y afloja sincronizado por un jinete a caballo que parecía poseído por la risa del viento.

El teatro callejero de Cirilo se desplegaba como una danza cómica de marionetas, una coreografía de exageraciones que atrapaba la atención de quienes se cruzaban en su camino. Sin embargo, cuando los ojos de Felipa se encontraron con los de Cirilo, una corriente de intuición la apartó de su camino. Como si la sombra de un presagio la hubiera tocado, evitó el contacto directo y se desvió en dirección contraria.

La escena de Cirilo parecía arrancada de una fábula enloquecida, pero en ese encuentro fugaz, Felipa pudo vislumbrar algo más allá de las apariencias. Su mente se abrió en un instante, permitiéndole penetrar el velo de la realidad, observar las grietas en la fachada de la normalidad. Aunque fuera por un parpadeo, captó la mirada de Cirilo, una mirada que chispeaba con destellos de una conciencia distorsionada. La locura y la lucidez bailaban en sus ojos, creando un mosaico inquietante.

Las palabras no fueron necesarias para expresar su percepción. No se dejó llevar por el juego, no se dejó atrapar por la superficialidad del espectáculo. En lugar de eso, sus pasos la condujeron por un camino diferente, alejándose de la comedia montada por Cirilo. Y mientras avanzaba, una sensación de compasión nacía en su pecho.

La lástima se alzó como una ola en su interior, un sentimiento genuino que abrazaba a Cirilo en su vulnerabilidad. La figura que aparentaba ser la fuente de risas y burlas, también era un ser humano, un alma que había caído en los intersticios de la realidad, donde las fronteras entre el juicio y la comprensión se desdibujaban.

La comunidad, con sus juicios implacables, había etiquetado a Cirilo como el *loco* del pueblo. Pero en ese momento, Felipa vio más allá del rótulo impreso por la lengua de los rumores. Sus pensamientos lo acompañaron con un matiz de empatía, entendiendo que la soledad y la enfermedad habían tejido una capa de realidad alternativa en su mente.

Después de aquel cruce de caminos, los rumores y las dudas ya no hallarían espacio en la narrativa. El incidente se transformó en la chispa que encendió la confirmación. La comedia callejera de Cirilo dejó de ser solo un acto teatral para convertirse en una ventana momentánea a su mundo interno.

Así, en las calles del pueblo, donde las fachadas de normalidad a menudo ocultan la complejidad humana, Felipa atestiguó la fragilidad de la percepción. Aquel breve encuentro dejó una impresión en su mente, una huella que recordaría cada vez que mirara más allá de las apariencias y se adentrara en los laberintos profundos de la comprensión humana.

Otro día más desplegó sus alas monótonas en la escuela, un escenario de caras familiares y palabras vacías que se repetían como un eco interminable. Las horas se deslizaban pesadamente, como si el tiempo mismo se arrastrara por los pasillos de la monotonía. Felipa, prisionera de la rutina, anhelaba romper las cadenas que parecían atarla a un destino que no había elegido. En medio de la multitud, se cuestionaba el propósito de esta existencia repetitiva y se aferraba a la esperanza de que había algo más allá de estas paredes y rostros conocidos.

Caminando por los pasillos, las caras se fundían en una marea de indiferencia. Las palabras, una y otra vez, tomaban formas huecas, como las conchas vacías que se arrastran en la orilla del mar. La vida en la escuela parecía ser una cinta en bucle, reproduciendo las mismas escenas una y otra vez. Felipa anhelaba un respiro, una paleta de colores diferentes en este lienzo gris que la rodeaba. ¿Por qué la vida parecía estar tejida en su contra, atrapándola en esta repetición interminable?

Después de la caminata de regreso a casa, la mesa estaba puesta, el aroma de la comida llenaba el aire, pero el hambre parecía haberse apagado dentro de Felipa. Las palabras de nana María se alzaron como un murmullo constante, destacando la delgadez que se había convertido en un espejo de su lucha interna. La comida, una vez fuente de placer y nutrición, se había transformado en una tarea titánica, una batalla que se libraba entre el estómago y la mente.

Tras el banquete de quejas, Felipa se retiró a su refugio en la habitación, donde las tareas y la guitarra la esperaban. La rutina se desenrollaba como un pergamino antiguo, escrito con las mismas letras día tras día. La música, su consuelo, era como una brisa suave que acariciaba su piel cansada. En las cuerdas de su guitarra, encontraba la libertad de expresar lo que las palabras a menudo no podían transmitir.

Esa tarde, una nueva canción empezaba a tomar forma, una melodía que resonaba con los latidos de su corazón. Las notas eran una declaración silenciosa de sus anhelos, una protesta tímida contra las cadenas invisibles que la aprisionaban. La guitarra acústica, como una aliada en esta batalla interna, hablaba un lenguaje que solo Felipa entendía.

La canción estaba en sus primeras etapas, una semilla de emoción y creatividad. Sin embargo, ya llevaba consigo el peso de sus sueños y la carga de sus luchas. El título se formaba en su mente, como una joya que brilla en la oscuridad de sus pensamientos, una joya que todavía estaba en proceso de tallarse. Un título que sería una puerta a su mundo interno, a sus esperanzas y a su búsqueda de un sentido más profundo.

Así, en medio de la rutina aparentemente inalterable, Felipa tejía hilos de pasión y esperanza en su vida. Cada acorde, cada letra, era un testimonio silencioso de su resistencia, una melodía que elevaba su espíritu por encima de la monotonía y le recordaba que, a pesar de las dificultades, tenía el poder de crear belleza en medio de la adversidad. Y así, a pesar del cansancio, Felipa alistó su grabadora y se dispuso a grabar.

La teoría del amor:

Aunque siempre lo busqué,
nunca lo encontré,
ahora que ya estás aquí, enséñame.
¿Qué es el amor? Quiero saber.
¿Es algo que se pide o algo que se da?
Me puedes explicar la teoría del amor,
porque es algo que nunca pude alcanzar.

Na, na, na, na, na, na, na, na, na, na.

Por mucho tiempo lo esperé,
no lo perderé,

ahora que llegaste a mí, enséñame.
¿Es algo que llega a mí o lo tengo que buscar?
¿Sí se puede sentir? ¿O se puede tocar?
Me puedes explicar la teoría del amor,
porque es algo que nunca he podido alcanzar.

¿Qué es el amor? Quiero saber.
¿Es algo que se pide o algo que se da?
Me puedes explicar la teoría del amor,
porque es algo que nunca pude alcanzar.

El nocturno telón descendió sobre el mundo, y en el recinto de su habitación, Felipa completó su composición musical, un acto de creación que le permitía aferrarse a la vigilia hasta el último vestigio de energía. Las notas y las palabras se entretejieron en una sinfonía de emociones, un respiro efímero antes de enfrentar la danza con el insomnio una vez más. Era un enfrentamiento interno, una lucha contra el sueño, cuyos dedos de sombra la acariciarían hasta llevarla al umbral del descanso.

Cuando la canción se completó, el reloj susurraba horas avanzadas, y el llamado de Morfeo se volvía más fuerte. La batalla estaba perdida desde el inicio, pero Felipa prolongaba la resistencia como un guerrero cansado que no se rinde ante la derrota inevitable. Las cuerdas de la guitarra y las palabras entonadas eran como un escudo contra el sueño, un esfuerzo por mantenerse en pie un poco más antes de sucumbir ante la oscuridad que la esperaba.

Esa noche, el protagonismo era del agua, el elemento que la atormentaba en el oscuro escenario de sus sueños. De pie en la orilla, bajo la plateada luz de la luna, Felipa se veía a sí misma como una figura diminuta en la vastedad del océano. La arena y el agua tejían un abrazo breve antes de ser arrastrada por la fuerza del mar. La lucha era vana, como si la misma naturaleza la arrastrara hacia una realidad desconocida, como un lienzo en blanco que el océano rellenaba con sus secretos.

Cada ola era un lamento, un forcejeo en la danza de la corriente. La fuerza del océano era un abrazo implacable, una abducción que no podía resistir. Las olas la envolvían y la sumergían en una espiral de miedo, una lucha por el aire y la tierra firme. En ese abrazo salado, la realidad se desdibujaba y la noche se volvía una sinfonía de turbulencias y angustias.

El abismo líquido la tragaba, su cuerpo giraba en un ballet de desesperación mientras el mar la hundía cada vez más en su abrazo. Cada metro sumergido era una caída en un abismo de oscuridad y miedo. La lucha era en vano, como si el océano fuera un titán irrefrenable que la arrastraba a las profundidades.

Un grito silente atravesó sus labios en busca de auxilio que nunca llegaba, un clamor en medio del silencio del mar. Cada intento por respirar era una súplica muda, un intento desesperado de regresar a la superficie. La conciencia se desvanecía lentamente y, en un último destello de pensamiento, Felipa se aferró a la memoria de su hermana Celeste, imaginando si ella también había sentido ese terror cuando las olas la arrastraban a su fatídico destino. Y en esa conexión etérea encontró un atisbo de consuelo, sabiendo que al menos su sufrimiento era efímero, mientras que el de su hermana se había detenido en un solo momento de eternidad.

El susurro del mar se mezcló con la última respiración, y en medio de la oscuridad, Felipa se sumergió en la negrura del inconsciente, donde la batalla contra los monstruos internos continuaba. La lucha seguía, noche tras noche, y en la alborada de un nuevo día ella emergía de las profundidades para enfrentar una vez más el ciclo inmutable de sus pesadillas.

Con la primera luz del amanecer, los párpados de Felipa se alzaron para revelar un nuevo día. Sin embargo, el frío abrazo de la realidad la recibió con un recordatorio doloroso de su batalla nocturna. La cama estaba húmeda, empapada por las lágrimas del sueño y la lucha con los monstruos internos. Una oleada de vergüenza la invadió, un sentimiento que se hundía en su piel y anidaba en su corazón, convirtiendo su despertar en una lucha contra los demonios que persistían incluso a la luz del día.

El acto de mojar la cama era como un eco de su vulnerabilidad, una marca indeleble que resonaba desde su infancia. La misma humedad que impregnaba su cama ahora empapaba su conciencia, como si el pasado se filtrara a través de los años y se manifestara en este presente doloroso. Su cama, en lugar de ser un refugio, se volvía un campo de batalla donde se libraban las luchas internas y externas.

La reacción instintiva de Felipa fue ocultar el rastro de su batalla. Como una sombra en movimiento, cubrió la cama con la cobija, tratando de esconder la evidencia de su lucha silenciosa. Cada doblez del tejido parecía ser una capa que ocultaba su vulnerabilidad, una máscara para protegerse del juicio que temía. Se cambió de ropa en la oscuridad de su habitación, como si pudiera deshacerse de su propia piel y dejar atrás las marcas de su lucha interna.

El temor a la reacción de nana María se cernía como una nube oscura en el horizonte. Las cicatrices emocionales que su padre había grabado en su corazón aún ardían, y la vergüenza de mojar la cama era un eco de aquellos momentos dolorosos de su infancia. Pero, en el rincón más profundo de su ser, sabía que no podía permitir que el miedo y la vergüenza la gobernaran. A pesar de las cicatrices, ella era una guerrera, una luchadora en una batalla que trascendía las sábanas mojadas.

El recuerdo de las burlas de su padre resonaba como un eco amargo. Él, que debería haber sido su protector, se había convertido en su verdugo emocional. Las palabras crueles que soltaba sin piedad eran como cuchillas que cortaban la inocencia de su corazón. Aunque el tiempo había pasado, las heridas seguían abiertas, y las cicatrices eran una constante recordación de su crueldad.

En la arena de la memoria, las huellas de su padre se mezclaban con las lágrimas de sus propias luchas. En un giro del destino, Felipa se encontraba enfrentando una nueva batalla contra la humedad de la cama, no como una niña vulnerable, sino como una joven que anhelaba superar los demonios del pasado.

Así, mientras enfrentaba el día con la humedad aún presente en su cama y en su corazón, Felipa se convertía en una protagonista de su propia historia. Cada gota de vergüenza se mezclaba con una pizca de valentía, cada cicatriz emocional se convertía en un empujón para luchar contra las sombras. Aunque las batallas fueran internas y a menudo invisibles, ella era una guerrera decidida a enfrentar sus miedos y a encontrar la belleza en su propia vulnerabilidad.

La fatiga la envolvía como un manto pesado después del desayuno, un cansancio que parecía haberse instalado en su ser y que amenazaba con anclarla en un mar de somnolencia. El simple acto de abrir los ojos requería un esfuerzo titánico, y las perezosas sombras de la noche se aferraban a su mente, resistiéndose a dar paso al día. La cama, que en un tiempo fue su refugio, ahora parecía un campo de batalla donde el cansancio y el sueño librarían su propia guerra.

La idea de enfrentar la escuela se transformaba en una hazaña épica, una odisea que requería cada ápice de voluntad en su agotado ser. La voz suave pero firme de nana María resonaba como un eco en su mente, recordándole la importancia de la asistencia y las responsabilidades que pesaban en sus hombros. La promesa de la educación era un faro en la distancia, una luz que guiaba su camino a través de la niebla del agotamiento.

Cada paso hacia la escuela parecía ser una lucha contra la gravedad misma. Sus pies arrastraban la carga de su agotamiento, como si caminara a través de un océano denso y oscuro. Cada movimiento era un esfuerzo, un recordatorio constante de que sus fuerzas flaqueaban. Sus compañeros, ajenos a su lucha interior, avanzaban en el ritmo incesante de la rutina, mientras ella luchaba por mantenerse a flote en las corrientes del día.

En las aulas, el tiempo parecía estirarse como un elástico, las agujas del reloj avanzaban con la lentitud de un suspiro. La energía y la atención que antes eran recursos inagotables, ahora parecían haberse desvanecido en la niebla del cansancio. Las palabras de los profesores llegaban a sus oídos como un murmullo distante, como si el mundo real se encontrara en un plano diferente al suyo. A pesar de su lucha, las horas pasaban como tortugas, arrastrando consigo la promesa de un descanso que parecía cada vez más inalcanzable.

De regreso en casa, la comida no fue un bálsamo revitalizante. Los bocados se deslizaban por su garganta con la misma lentitud que el tiempo en el aula, y la fatiga continuaba su danza agotadora en su cuerpo. Sin embargo, los deberes y las tareas no esperaban, y ella se sumergió en ellos con la fuerza restante de su voluntad. Las horas parecían derretirse como cera en una vela, consumiendo su energía poco a poco.

La guitarra, como un confidente silencioso, la esperaba al final del día. Cada cuerda era un hilo que conectaba con su ser, una forma de expresión que no requería palabras. Las notas fluían de sus dedos como pensamientos melódicos, y las letras tomaban forma en su mente, como pinceladas en un lienzo en blanco. Las canciones eran susurradas en las vibraciones de las cuerdas, como si cada acorde fuera una página en el diario de su alma.

Sus nuevas composiciones tenían un título que resonaba en su mente, como un fragmento de un poema inacabado. Un título que prometía una ventana a sus pensamientos, un vistazo a su mundo interno que estaba tejido con hilos de esperanza y luchas. Era una melodía que contaba una historia, un eco de sus emociones y sueños.

Así, en el telar de sus días, Felipa seguía tejiendo su existencia, entrelazando los momentos de lucha y los destellos de creatividad en un tapiz vibrante y complejo. Cada acorde, cada nota, cada paso hacia adelante, eran hilos que formaban parte de su narrativa personal, una historia de valentía en medio de la fatiga, de lucha en medio de la monotonía. Aunque Felipa no sabía muy bien cómo silbar, esa canción requería un silbido en la introducción, así que pasó horas aprendiendo a silbar hasta que pudo grabar el sonido de la mejor manera posible.

La vida que nací para vivir:

Un nuevo día nació para mí,
el sol me envuelve y me arrulla en su luz,
qué suerte tengo de ser lo que soy,
y estar rodeado de tanta emoción.

Me sentí muy afortunado,

de vivir en la plenitud,
esta vida Dios me la ha dado,
y la recibo con gratitud.

Coro: silbido.

El mundo entero gira para mí,
mis grandes sueños salgo a conquistar,
y los tropiezos me van a enseñar,
que en esta vida debo de continuar.

Y aprendí a ser más humano,
y a vivir con mi devoción.
Descubrí que lo más sagrado
es la dicha de ser feliz.

Coro: silbido.

Las melodías de Felipa eran como hojas en el viento, llevando consigo historias y emociones que se entrelazaban con los hilos invisibles del destino. No solo componía para sanar su propio corazón herido, sino que también tejía versos para los que cruzaban su camino. Uno de ellos era Carlitos, un alma valiente que enfrentaba un viaje incierto con determinación y amor.

Los pasos de Felipa seguían el ritmo de sus pensamientos mientras se dirigía al mercado, y justo delante de ella, como un personaje en una escena, caminaba Carlitos con una maleta en la mano. La maleta no solo contenía sus pertenencias, sino también los sueños de su madre y las esperanzas de un futuro mejor. Aunque su figura era pequeña, su espíritu era grande y conmovedor.

Las voces curiosas del pueblo se elevaban en el aire como susurros de interés: «¿A dónde vas, Carlitos?», era la pregunta que flotaba en el aire, como una melodía que esperaba ser completada. Y él, con la honestidad de un corazón puro, respondía con palabras que eran más que una simple respuesta. Eran un canto de amor y sacrificio, una promesa de trabajo arduo y determinación incansable.

Felipa caminaba en silencio junto a él, siendo testigo de la escena que se desenvolvía ante sus ojos. El mercado, usualmente lleno de voces y colores, ahora parecía ser el escenario de un momento íntimo entre madre e hijo. Carlitos llegó al puesto de su madre, y las palabras que compartieron eran como un diálogo que trascendía el tiempo y el espacio. Las despedidas, los sueños y las promesas se entrelazaban en un rincón del mercado, como si el mundo se hubiera detenido para dar espacio a la emotividad del momento.

Felipa observaba con admiración el amor inquebrantable de Carlitos por su madre. En un mundo donde las dificultades podían erosionar el espíritu, él estaba dispuesto a cruzar fronteras y desafiar las adversidades para asegurarse de que su madre estuviera bien. Era una demostración de amor que tocaba las fibras más profundas del corazón de Felipa, una lección silenciosa de valentía y sacrificio que no podía ser ignorada.

Esa noche, mientras las estrellas pincelaban el cielo con su luz, Felipa se sentó con su guitarra, buscando dar voz a las emociones que había experimentado durante el día. Las notas fluían como ríos de sentimiento, y las palabras se entrelazaban en una canción que honraba la valentía de Carlitos. Cada estrofa era un tributo a su espíritu audaz, a su amor incondicional y a su determinación inquebrantable. La melodía llevaba consigo el eco de sus pasos decididos y la promesa de un futuro más brillante.

El título de la canción era un reflejo del hombre cuyo coraje había dejado una huella en el corazón de Felipa. Era una melodía que celebraba no solo a Carlitos, sino a todos aquellos que enfrentaban las adversidades con valentía y amor en su corazón. Cada nota era un reconocimiento de la belleza que existe en las historias anónimas de la vida cotidiana, una invitación a escuchar las melodías ocultas en los corazones de aquellos que caminan a nuestro lado en este viaje llamado vida. Prendió la grabadora y se dispuso a grabar.

La canción de Carlitos:

Carlitos alistó su maleta, ya se va,
caminando por el barrio, se despide ya.
Los curiosos al mirarlo pasar se preguntan:
«¿A dónde va Carlitos, que decidido va?».

Su madre vende en el mercado, él la va a buscar.
Madre, no quiero que trabajes ni que sufras más.
con muchos hijos que mantener y sin un papá,
el dinero no te alcanza para acabalar.

Ya me voy al otro lado, ya me voy a trabajar.
Ya me voy a hacer dinero y a mi madre ayudar.
Ya me voy con los muchachos, que esta noche partirán,
cruzaremos la frontera, solo faltan dos días más.

Madre, no quiero que sufras, ya no llores más.
Te mandaré mucho dinero, nada te va a faltar.
Y su madre lo levanta y lo comienza a besar.
Carlitos tiene cinco años y ya es un hombre de verdad.

Ya me voy al otro lado, ya me voy a trabajar.
Ya me voy a hacer dinero y a mi madre ayudar.
Y su madre lo levanta y lo comienza a besar.
Carlitos tiene cinco años y ya es un hombre de verdad.

Las historias de los corazones nobles a menudo se tejen con hilos de compasión y actos desinteresados, y Carlitos, con sus cinco años y un alma llena de determinación, personificaba esta verdad en cada uno de sus gestos. Su deseo de cruzar fronteras para trabajar y ayudar a su madre resonaba como una melodía de sacrificio y amor, una sinfonía que trascendía la edad y el tamaño.

La Navidad, una época que despierta alegría y expectación en los corazones de los niños, también tocó a Carlitos desde la puerta de su casa. Sus ojos, como ventanas a sus sueños, observaban el juego y la risa de sus amigos mientras sostenía en su interior una nota de tristeza, una sensación de estar al margen de la festividad. Felipa, con su corazón empático y sus ojos observadores, capturó la escena en su mente y en su corazón, sintiendo la necesidad de llenar el vacío en el alma de Carlitos.

El modesto árbol de Navidad, hecho de una rama de chote y envuelto en algodón, se alzaba como un símbolo de humildad y esperanza en la puerta de la casa de Carlitos. Sin adornos relucientes ni regalos abultados, era un testimonio de la sencillez de su vida y la grandeza de su espíritu. Aquel árbol desnudo parecía susurrar una historia de lucha y sueños, una narrativa que Felipa escuchó con atención.

La decisión de Felipa de actuar surgió como un eco de compasión en su interior. Tomó dinero de sus ahorros, un recurso valioso que significaba mucho para ella, y se dirigió al mercado. Entre las coloridas ofertas y el trasiego de la gente, eligió un simple camión de juguete. Lo envolvió con papel de periódico, una capa de cariño que ocultaba el tesoro dentro, y se dirigió a la puerta de Carlitos, llevando consigo una promesa de felicidad.

La entrega del regalo fue un momento de magia en medio de la sencillez. Las palabras de Felipa, pronunciadas con dulzura y complicidad, hicieron que los ojos de Carlitos brillaran como estrellas en la noche. El obsequio, aunque modesto en forma, llevaba en sí la generosidad y el afecto de Felipa, una muestra de que el amor podía manifestarse en las acciones más simples y genuinas.

Esa escena, como un cuadro congelado en el tiempo, resonó en el corazón de Felipa y se convirtió en la musa de otra canción. La melodía contaba la historia de un regalo que trascendía su materialidad, un regalo que era más que un camión de juguete. Era un reflejo del amor y la empatía de Felipa, una canción que rendía homenaje al poder de tocar vidas con pequeños gestos.

Cada nota de la canción era una promesa de que el amor y la compasión podían iluminar incluso los rincones más oscuros de la vida. Era un tributo a Carlitos y a todos aquellos cuyas historias, como estrellas en el firmamento, dejaban una huella brillante en el lienzo de la existencia. Y mientras las cuerdas vibraban con la melodía, el eco de aquel día especial en el mercado se convertía en una canción que trascendía el tiempo y el espacio. Su grabadora le ayudaba a inmortalizar esos momentos mágicos.

Árbol de Navidad vacío:

Te he escrito algunas cartas y no me has podido contestar.
Ansiaba con muchas ganas tu llegada en la Navidad.
Te olvidaste de mí, no trajiste mis juguetes.
Te olvidaste de mí, derribaste mi ilusión.

100

Él y yo, árbol de Navidad vacío.
Él y yo, tan tristes como la Navidad.
Él y yo, árbol de Navidad vacío.
Él y yo, tan frío como la Navidad.

Los niños en todo el barrio muy contentos salen a jugar.
Mis manos están vacías, un juguete no pude alcanzar.
Te olvidaste de mí, no trajiste mis juguetes.
Te olvidaste de mí, derribaste mi ilusión.
Él y yo, árbol de Navidad vacío.
Él y yo, tan tristes como la Navidad.
Él y yo, árbol de Navidad vacío.
Él y yo, tan fríos como la Navidad.

De noche, cuando me acuesto, una lágrima ha de rodar.
No es justo que los más pobres sean siempre los que sufren más.
Te olvidaste de mí, no trajiste mis juguetes.
Te olvidaste de mí, derribaste mi ilusión.
Él y yo, árbol de Navidad vacío.
Él y yo, tan tristes como la Navidad.
Él y yo, árbol de Navidad vacío.
Él y yo, tan frío como la Navidad.

La noche se cernía sobre el mundo como un manto oscuro y misterioso, y con ella llegaba el encuentro inevitable con el espejo, un reflejo de su propia existencia que se volvía más inquietante con cada ocasión. En esta noche, como tantas otras, Felipa luchaba contra el abrazo del sueño, resistiéndose a la enredadera de la fatiga que amenazaba con arrastrarla a la inconsciencia. Pero, como las olas que finalmente ceden a la playa, su resistencia cedió y se sumergió en los brazos del descanso.

El encuentro con el espejo no era solo un reflejo físico, sino una confrontación interna que exponía su vulnerabilidad, sus luchas y sus debilidades. El espejo, que emanaba una claridad cruel, presentaba su vida en toda su complejidad, mostrando los rincones oscuros que Felipa prefería ocultar incluso a sí misma. Era como si cada fragmento del espejo fuera una ventana a su propia alma, revelando capas de su ser que habían permanecido ocultas bajo las sombras de la negación.

Sin embargo, la imagen que le devolvía el espejo no era la que ella deseaba ver. El espejo reflejaba su egoísmo, sus dudas y sus miedos, una imagen que le resultaba difícil de enfrentar. La ira creció en su interior, una llama ardiente alimentada por la frustración y el auto-reproche. Agarró una piedra, un instrumento de su propio descontento, y la lanzó con fuerza contra el espejo, como si buscara destruir el reflejo de su propio ser que le atormentaba.

El sonido del cristal rompiéndose llenó el aire, una sinfonía de liberación y caos. Los fragmentos del espejo cayeron al suelo, cada uno llevando consigo una parte de su reflejo, una porción de su identidad fracturada. Las fisuras se extendieron como grietas en el hielo, dividiendo su imagen en dos, y luego en más, hasta que su reflejo se convirtió en un caleidoscopio de formas distorsionadas y desconectadas. Era como si su alma se hubiera dividido en innumerables fragmentos, cada uno expresando una parte diferente de su ser.

Desesperada, Felipa intentó recoger los pedazos del espejo, como si pudiera reunir nuevamente las partes rotas de su identidad. Pero los fragmentos eran demasiado numerosos, como los retazos de un espejo roto por la realidad y la autocrítica. Cada intento de reconstruir su imagen sólo resultaba en una multiplicación de las grietas y las fracturas. Se sentía como un ser en pedazos, un rompecabezas incompleto que no lograba formar una imagen coherente.

La noche se convirtió en un laberinto de sombras y confusiones, donde su propia identidad se perdía entre los destellos rotos del espejo. La sensación de estar sin rumbo la envolvía como un viento frío, y la soledad de su lucha interior se convertía en una compañía sombría. Anhelaba encontrar su camino de regreso a sí misma, pero en esa noche oscura, sus pasos eran inciertos y su brújula interna estaba desorientada.

En la penumbra de la habitación, las lágrimas silenciosas se convirtieron en el eco de su dolor interno. Sin embargo, entre las sombras de la desesperación, quedaba un atisbo de luz, una pequeña chispa de esperanza que resistía a ser apagada. Esa chispa, frágil pero persistente, encendía la posibilidad de un día en el que los fragmentos rotos pudieran encontrar un modo de unirse nuevamente. En esa esperanza, se anidaba la promesa de que, aunque la noche actual estuviera nublada por la confusión y el desconcierto, algún día los pedazos podrían recomponerse y formar una imagen completa de la mujer fuerte y resiliente que Felipa estaba destinada a ser.

El día despertó con su rutina implacable, llevando consigo la carga de una noche de lucha interna. Felipa se levantó de la cama, como si arrastrara consigo el peso de las horas nocturnas que había pasado enfrentando sus propios demonios. El acto de vestirse, que alguna vez fue automático y sin esfuerzo, ahora se convirtió en una tarea lenta y meticulosa. Cada prenda que se ponía parecía ser una capa adicional de la fatiga que la abrumaba. Felipa se preguntaba algunas veces qué tenía que hacer para que nana María la escuchara creyera en la existencia de los cuatro entes nocturnos que la torturaban sin compasión.

El espejo en el rincón de su habitación la miraba con la misma claridad inclemente que había experimentado en sus noches de tormento. Los ojos que la observaban en el reflejo estaban cansados y cargados de sombras, reflejando la lucha interna que había enfrentado en cada noche de oscuridad. Aunque su deseo de enfrentar el día con determinación seguía presente, se enfrentaba a una batalla en dos frentes: contra el agotamiento físico y contra la persistencia del sufrimiento emocional.

En el camino hacia la escuela, caminaba como una sombra entre las demás personas, ocultando el dolor que llevaba consigo. Sus compañeros la veían como una adolescente normal, inconscientes de la lucha silenciosa que se libraba dentro de su ser. Se aferraba a la esperanza de que algún día podría superar todas las dificultades y vivir plenamente, pero cada día que pasaba sin alivio parecía un recordatorio doloroso de lo lejos que estaba de esa meta.

La escuela era un refugio temporal de sus pensamientos tormentosos. Aunque cada día era una lucha para mantenerse enfocada en las lecciones, el tiempo en las aulas le proporcionaba una pausa de las batallas nocturnas y una distracción momentánea de su dolor interno. Pero incluso en medio de las aulas llenas de compañeros y profesores, una sensación de aislamiento la rodeaba, como si estuviera atrapada en una burbuja de su propio sufrimiento.

Al regresar a casa después de la escuela, enfrentaba una nueva serie de desafíos. La comida en el plato le parecía insípida, y aunque nana María se esforzaba por asegurarse de que comiera lo suficiente, la falta de apetito era solo una manifestación física de su agotamiento emocional. Las tareas cotidianas y las responsabilidades domésticas se volvían como una montaña imposible de escalar, y cada pequeño acto requería un esfuerzo titánico.

Sin embargo, a pesar de la fatiga y la tristeza que la rodeaban, había un destello de determinación en los ojos de Felipa. Ella sabía que tenía que continuar, que cada día de lucha era un paso hacia la posible liberación de su tormento. Buscaba las grietas en la armadura de la desesperación, buscando la manera de superar los escollos que le impedían vivir la vida que anhelaba. Aunque la senda estaba llena de oscuridad y obstáculos, persistía en su búsqueda de la luz que podría finalmente disipar la sombra en la que había estado atrapada.

Así que continuó, día a día, batalla a batalla. Sabía que no había respuestas fáciles ni soluciones instantáneas, pero estaba dispuesta a enfrentar lo que fuera necesario para encontrar su camino hacia la sanación y la redención. Con cada paso que daba, con cada mañana que amanecía, llevaba consigo la esperanza de que algún día las puertas que la habían atormentado durante tanto tiempo se abrirían hacia una vida de paz, plenitud y felicidad.

Esa tarde, el cielo parecía haberse pintado de un azul más profundo y tranquilo, como si la naturaleza misma se uniera a la procesión que avanzaba con solemnidad por las calles de Agua Fría. Felipa se asomó al balcón de su casa, sus ojos se encontraron con el mar de personas que llenaban las calles, con devoción y fe en sus corazones. Jamás había presenciado una congregación tan vasta en su pequeño pueblo, una amalgama de peregrinos que provenían de regiones lejanas, como Puebla y Veracruz.

Susurros de oración y cánticos religiosos flotaban en el aire, como suspiros colectivos elevados hacia lo divino. Y entonces, como una visión de pureza y gracia, apareció la Virgen del Basurero en una carroza adornada con flores blancas, tirada por un humilde burro que avanzaba con paso tranquilo y solemne. El blanco radiante de su vestido contrastaba con la sencillez de la comitiva, pero no había lugar para la discordia en ese momento sagrado.

Los ojos de Felipa, en su mirada desgastada, se llenaron de asombro ante la presencia de La Virgen del Basurero. Sentía como si el tiempo se hubiera suspendido, como si todo su mundo se hubiera concentrado en ese instante etéreo. Era más que una imagen, era un símbolo de esperanza y consuelo, una representación tangible de todos los anhelos que habitaban en lo más profundo de su corazón. En ese instante, la Virgen del Basurero encapsulaba todas las cualidades que Felipa deseaba para su vida: paz, amor, armonía y humildad.

Un murmullo de suspiros admirativos recorrió la multitud mientras la Virgen arrojaba un puñado de pétalos rojos al aire. Uno de ellos encontró su destino en la mejilla de Felipa, un suave roce que parecía contener la promesa de algo más. Con manos temblorosas y corazón latiendo aceleradamente, lo recogió con reverencia y lo llevó a sus labios, dejando un beso tierno y cargado de emociones que no podía comprender del todo.

Un sentimiento abrumador llenó su ser, y las lágrimas brotaron sin restricción. Sus mejillas se humedecieron mientras la emoción la inundaba. Era como si ese pétalo hubiera sido la llave que desbloqueara un torrente de sentimientos reprimidos, un alivio que se manifestaba en cada lágrima. Allí, en ese instante mágico, sintió que una carga invisible se había desprendido de sus hombros, liberándola de un peso que apenas había reconocido que llevaba.

La mirada de la Virgen del Basurero se encontró con la suya, un vínculo que trascendía las palabras y las explicaciones racionales. En ese intercambio silencioso, Felipa pudo sentir la comprensión profunda y empática de la Virgen. Observó cómo sus ojos recorrían sus manos, deteniéndose en las uñas maltratadas y heridas, una manifestación externa de las luchas internas que ella enfrentaba cada noche. Y entonces, como un eco en su mente, resonaron las palabras de La Virgen del Basurero: «Debes enfrentar tus miedos».

Era como si la Virgen hubiera leído sus pensamientos más oscuros, hubiera percibido sus inseguridades y dolor, y con su mirada y esas palabras, le ofreciera una guía silenciosa hacia la liberación. Felipa se sentía vulnerable, expuesta y al mismo tiempo, comprendida. Sabía que había un camino que debía tomar, un camino de confrontación y superación, un camino que podía conducirla hacia la sanación que tanto anhelaba.

La procesión continuó avanzando, llevándose consigo la imagen de la Virgen, pero dejando en el corazón de Felipa una semilla de cambio y transformación. Se retiró del balcón con un aire renovado, una chispa de determinación en sus ojos. Sabía que el camino por delante no sería fácil, que enfrentar sus miedos sería una tarea ardua y desafiante, pero por primera vez en mucho tiempo, había encontrado una brújula en medio de la oscuridad, una luz en su camino hacia la redención.

Felipa observó a la Virgen del Basurero alejarse en la procesión, una sensación de gratitud y esperanza llenando su corazón. La marea de emociones que la había invadido durante aquel encuentro se aferró a ella durante el resto del día, como si hubiera sido tocada por algo divino y sagrado. La Virgen había dejado una huella indeleble en su alma, una marca que la instaba a hacer algo más con su vida, a enfrentar los demonios internos que habían acosado sus noches y días.

Esa tarde, una pulsión creativa la invadió. Se sentó con su guitarra acústica y dejó que sus dedos danzaran sobre las cuerdas, dando vida a una melodía que resonaba con la vibración de su espíritu revitalizado. La canción que emergió de su corazón tenía un título intrigante: *Mátalos Callado*. Las palabras surgieron como un eco de su mente, un llamado a la acción que no entendía completamente, pero que parecía emanar de un lugar profundo y auténtico dentro de ella.

La canción tomó forma y se convirtió en un relato de tristeza y desesperación. La joven protagonista era un reflejo de sus propias luchas internas, una figura atormentada que enfrentaba la incomprensión y el juicio de su pequeño pueblo. A través de las letras y las notas, Felipa dio vida a la historia de esa joven, plasmando sus emociones en cada acorde y verso.

Aunque la canción estaba imbuida de una profunda tristeza, también tenía un matiz de resistencia y valentía. Crearla se convirtió en un acto liberador para Felipa. Cada palabra, cada acorde era un paso hacia la expresión de sus propias luchas y miedos. Era su voz que se alzaba contra la oscuridad que había invadido su vida, una forma de decirle al mundo que no sería silenciada por sus demonios internos ni por las críticas de aquellos que no entendían su sufrimiento.

Escribir *Mátalos Callado* la llenó de un sentido renovado de propósito. La canción se convirtió en su grito de guerra personal, en la banda sonora de su lucha por encontrar la luz en medio de la oscuridad. Le dio la fuerza y la determinación para enfrentar los miedos que la habían atormentado durante tanto tiempo. Felipa comprendió que había llegado el momento de liberarse de las cadenas que la habían mantenido prisionera, de desprenderse de las ataduras que habían limitado su capacidad de vivir plenamente.

La canción se convirtió en un recordatorio constante de su fuerza interior, un faro de esperanza que la guiaba hacia la autenticidad y la redención. Cada vez que tocaba las cuerdas de su guitarra y dejaba que las palabras fluyeran, se sentía más cerca de encontrar su camino hacia la sanación y la plenitud. La canción no solo era una pieza musical, sino un testimonio de su resiliencia y un compromiso con su propia transformación.

Así, con *Mátalos Callado* como su aliada y su guía, Felipa comenzó a caminar por un sendero de autodescubrimiento y empoderamiento. Cada día, enfrentaba sus miedos con una determinación renovada, inspirada por la fuerza que había encontrado en sí misma y en la presencia de la Virgen del Basurero. La procesión de su vida continuaba, y ahora, ella estaba decidida a liderarla con valentía y autenticidad, escribiendo su propia historia de superación y redención.

La oscuridad de la noche envolvía a Felipa mientras se preparaba mentalmente para enfrentar su mayor temor. No más evasiones, no más huidas. Estaba decidida a enfrentar a su castigador, a desenmascarar al ser que la había atormentado noche tras noche. Se acurrucó en su cama, cerrando los ojos con determinación y dispuesta a permanecer consciente a pesar del miedo que le invadía.

Las horas parecieron interminables mientras esperaba, luchando contra el sueño y la ansiedad. Finalmente, el agotamiento la venció y sus ojos se cerraron. No obstante, esta vez su sueño no estuvo marcado por la pasividad; estaba preparada para desafiar lo que viniera. Y entonces, sintió su presencia, una presencia siniestra y palpable que se materializó detrás de ella. El olor a azufre llenó el aire, pero Felipa no retrocedió. Esta vez, no lo permitiría.

El Nahual apareció, su figura ominosa cubierta por una máscara de vaca. Felipa sintió sus manos sobre su cuerpo, y aunque el terror latía en su interior, recordó su propósito. Con una determinación feroz, arrebató la máscara al Nahual y la lanzó al suelo. El monstruo que la había acechado por tanto tiempo quedó al descubierto, pero lo que vio la dejó sin aliento y con el corazón en un puño.

Ante ella estaba Benjamín, el mejor amigo de su papá. El hombre que debía ser un protector, un confidente, resultaba ser el Nahual, su abusador nocturno. El mundo de Felipa se tambaleó en ese momento, todas las certezas se convirtieron en dudas y todo lo que había confiado se desmoronó. La ira y la traición se mezclaron en su interior, creando una tormenta de emociones que amenazaba con arrastrarla.

En su búsqueda de respuestas y consuelo, corrió hacia la habitación de su padre, solo para encontrarse con una escena desgarradora. Su padre yacía en la cama, completamente ebrio y ajeno a la tormenta emocional de su hija. El mundo de Felipa se tambaleó aún más, la sensación de abandono y desesperanza se afianzó en su corazón.

Salió corriendo de la habitación, con lágrimas en los ojos y el corazón roto en mil pedazos. El engaño, la traición y la violencia habían invadido cada rincón de su vida. Su propia casa se había convertido en un lugar de pesadilla, donde aquellos que debían protegerla eran los mismos que la lastimaban. Se sentía vulnerable y desolada, una joven atrapada en una espiral de dolor y desconfianza.

El siguiente reto fue el espejo de su vida, que alguna vez había reflejado sus sueños y anhelos, ahora estaba hecho añicos, al igual que su confianza en el mundo que la rodeaba. Sin embargo, en medio de la oscuridad, una chispa de determinación y fuerza interior se encendió en Felipa. Sabía que no podía permitir que la desesperación la consumiera por completo. Aunque su vida se encontraba en ruinas, se aferró a la esperanza de encontrar un camino hacia la sanación y la redención.

Con el corazón lleno de dolor y una valentía recién descubierta, Felipa sabía que debía enfrentar su pasado y buscar un futuro mejor. A pesar de las puertas cerradas y las pesadillas que la acechaban, estaba decidida a abrir una nueva puerta hacia la luz. Con cada paso, buscaba la verdad, la fuerza y el coraje para reescribir su historia y transformar su vida en una de superación y resiliencia.

Felipa, llena de determinación y valentía, desafió al Nahual en un enfrentamiento lleno de empoderamiento. Desafió al espejo de la vida y ahora era el turno de desafiar al agua. Corrió hacia el río Tepetate, cuyas aguas oscuras se extendían ante ella como un espejo de su propia lucha interior. La noche la abrazaba con su misterio mientras se sumergía en el centro del agua, sintiendo cómo las preocupaciones y el dolor comenzaban a disiparse. En medio de la corriente, su cuerpo flotaba en el abrazo del río, girando lentamente mientras el agua la acariciaba. Había practicado ese momento miles de veces en sus sueños, y ahora lo hacía realidad.

El tiempo se volvió elástico, y mientras temblaba por el frío del agua, una sensación de liberación la invadió. Se sentía como una crisálida rompiendo sus confines, emergiendo con una nueva fortaleza. En su mente resonaban las palabras: «¡Soy libre de todos los miedos!». Cada latido, cada movimiento en el agua, afirmaban su triunfo sobre la opresión del miedo. «¡Miedo, tú mueres, yo vivo!», susurraba con euforia mientras el río la envolvía en su abrazo gélido.

El siguiente reto, la siguiente prueba a enfrentar, era la más desafiante de todas: la puerta. Con ojos resueltos, observó la entrada a sus terrores nocturnos y finalmente cruzó su umbral.

Al amanecer, cabalgaba junto a un charro negro a orillas del río Tepetate. A lo lejos, su padre, sumido en un dolor incomprensible, sostenía algo en sus brazos mientras lágrimas brotaban de sus ojos. No pudo comprender su agonía, pues en ese momento, Felipa se encontraba imbuida de una paz que había anhelado durante tanto tiempo. Cruzar la puerta era el camino hacia la auténtica serenidad.

Las emociones que la habían atormentado parecían haberse evaporado, como la neblina de la madrugada que se disipa con los primeros rayos del sol. Sus latidos eran un eco constante de tranquilidad, y las ansiedades y ataques de pánico habían sido reemplazados por la simple alegría de "ser". Y desde la distancia, se despidió de su padre, un adiós cargado de amor y un mensaje que resonaba en el viento: «Te amo, te voy a extrañar».

En los brazos del charro negro, abrazando la paz que había encontrado, Felipa sintió la alegría de haber cruzado la puerta que finalmente se abrió para ella. Las demás puertas seguían cerradas, un recordatorio de los desafíos que había enfrentado y superado. No hubo oportunidad de abrir otras puertas, pero eso no importaba. La única puerta que se abrió para ella, la única que la invitaba a entrar, era la puerta que le mostraba la realidad de su vida. Era la puerta que había elegido cruzar, sin temores y en paz consigo misma. Porque la única puerta que se abrió para ella fue la puerta del suicidio.

Mátalos callados

Ah, ah, ah, ah, ah, ah, ah, ah, ah, ah, ah.
Acostada sobre un lecho de rosas, con tus gestos que reflejan
mucha paz.

Encontraste al fin la luz eterna, lo dice tu carita angelical.
Ya cansada de vivir en este mundo, preferiste visitar el más allá.
Yo, escondido en los murmullos de la gente, que te juzgan sin
compasión y sin piedad.
¡Cállense! ¡Cállense todos! ¿Quiénes son para juzgar?
Entiendan, respeten el luto y el dolor de este hogar.
Ella ya está indefensa, no les puede contestar.
Si ella estuviera despierta, no se atreverían a hablar.

Lloran las campanas de la iglesia, recorremos lentamente la
ciudad.
Yo aguantando las miradas de la gente, que nos señalan con un
reproche desleal.
Me pregunto qué habría sido de tu vida, si en su momento te
pudiese rescatar.
Llevo en el alma un gran cargo de conciencia, porque no estuve en
el momento más fatal.
¡Cállense! ¡Cállense todos! ¿Quiénes son para juzgar?
Entiendan, respeten el luto y el dolor de este hogar.
Ella ya está indefensa, no les puede contestar.
Si ella estuviera despierta, no se atreverían a hablar.

Ah, ah, ah, ah, ah, ah, ah, ah, ah, ah, ah.

Nota del autor

El suicidio es real, por eso debemos de creer a nuestros seres queridos cuando nos dicen que están deprimidos o tienen pensamientos suicidas. Están pidiendo ayuda a gritos, no debemos de abandonarlos.

Jaime Goicoechea Zúñiga es el autor y compositor de todas las canciones de este libro.
©Copyright 2023

Todas las canciones son interpretadas por los Hermanos Sanromán.

Producción y arreglos musicales: Jaime Sanromán.
Voces: Karen   Yoana   Islas   y   Jaime   Sanromán.

La Virgen del Basurero

*Me acerqué a ti y sentí serenidad. Toqué tu manto y recibí paz.
Miré a tus ojos y descubrí amor. Besé tu mano y percibí tu
misericordia. Tocaste mi cabeza y vi tu gracia. Me abrazaste y creí
en tu protección. Lloré en tus brazos y escuché tus bendiciones. Te
agradecí y me conmovió tu pureza. Con tu sonrisa, todos mis males
desaparecieron.*

Pompeya, una mujer de espíritu indomable y corazón solidario, se encontraba en su rutina diaria camino al centro de reciclaje de Agua Fría. Desde tempranas horas de la mañana, el sol se alzaba sobre el horizonte, iluminando el pintoresco pueblo y destacando la belleza singular de cada uno de sus rincones. Pompeya, sin embargo, caminaba entre los destellos del amanecer con un objetivo en mente: vender las latas y el cartón corrugado que recogía diligentemente del basurero local.

Empujando su carrito de dos ruedas, que se había convertido en su fiel compañero de travesía, Pompeya avanzaba por las calles adoquinadas del pueblo. A su lado, su perrada la seguía de cerca, como si supieran la importancia de su labor. Cinco caninos de diferentes tamaños y colores, cada uno con su propia personalidad, la acompañaban a todas partes, mostrando una lealtad que trascendía las palabras.

Los vecinos de Agua Fría observaban con admiración la determinación de Pompeya. Aunque algunos podrían haber visto en su tarea un simple acto de supervivencia, otros reconocían en ella un profundo sentido de responsabilidad ambiental y una voluntad inquebrantable de mejorar su comunidad.

El líder indiscutible de la perrada se llamaba Canelo. Un canino de pelaje colorado, su robustez era digna de admiración. Sus músculos parecían esculpidos por la misma naturaleza y su mirada ardiente reflejaba una voluntad inquebrantable. Canelo se enfrentaba a cualquier adversario que se cruzara en su camino con una valentía desafiante. Era el héroe de los chamacos, un guardián feroz y una fuente constante de asombro. A la salida de la escuela, los niños se detenían a observar maravillados cómo Canelo se enfrentaba incluso a tres perros a la vez, derrotándolos con una mezcla de agilidad y estrategia. Se había ganado un lugar en el corazón de todos como un auténtico guerrero, un emblema viviente de coraje y determinación.

El segundo miembro de la perrada era Sandungo, un nombre que llevaba en honor a la canción favorita de Pompeya, La Sandunga. Sandungo, a diferencia de Canelo, destacaba por su torpeza y distracción. Sin embargo, había algo especial en él: su inquebrantable devoción hacia Pompeya. Cuando la mujer se enojaba y su garrote salía en busca de castigo, todos los perros huían a toda velocidad para evitarlo, todos excepto Sandungo. Él permanecía firme, listo para recibir el golpe en lugar de abandonar a su querida dueña en momentos de dificultad. Su lealtad era una lección de amor incondicional y resistencia ante la adversidad.

La Coqueta, por otro lado, era una perrita con un espíritu indomable. Su naturaleza callejera la llevaba a separarse de la perrada en muchas ocasiones. A veces, se perdía durante días enteros, explorando los rincones del pueblo. Sin embargo, como si tuviera un imán que la guiara, siempre regresaba a casa de Pompeya, llevando consigo historias de sus aventuras y exploraciones solitarias.

Laika, la matriarca de la perrada, era un ser digno de veneración. Fue ella quien trajo al mundo a todos los perros, un acto de amor maternal que resonaba en cada rincón del pueblo. Su instinto protector y su sabiduría canina la convertían en la guía espiritual de la perrada, asegurando que cada uno encontrara su lugar en este mundo donde las vidas humanas y caninas se entrelazaban en un hermoso tejido.

Por último estaba Benito, un perro negro de estatura media, pero con una inteligencia que desafiaba todas las expectativas. Pompeya solía decir con una sonrisa y en forma de broma: «Si ese perro pudiera hablar, sería presidente de México». Benito, cuyo nombre honraba a don Benito Juárez, uno de los líderes más notables de la historia mexicana, poseía una mirada perspicaz que parecía comprender los secretos del universo. Su presencia iluminaba cada rincón con una sabiduría silenciosa y una gracia que solo se podía encontrar en aquellos seres que trascienden las palabras.

Y así, con Canelo, Sandungo, La Coqueta, Laika y Benito a su lado, Pompeya caminaba por las calles de Agua Fría, no solo como una mujer recogedora de desechos, sino como una líder en el mundo de los perros callejeros y una maestra en la escuela de la vida. La perrada era más que un grupo de caninos; eran una familia unida por lazos de amor y respeto, una comunidad que demostraba que, en la lealtad y el compañerismo, incluso los más desfavorecidos podían encontrar un propósito y un sentido profundo de pertenencia.

Pompeya, una mujer que había tejido su vida en los misterios y secretos del basurero municipal, había dejado su marca en aquel terreno aparentemente desolado durante dos décadas. Su morada, una construcción artesanal hecha con maderas rescatadas y cartones corrugados, se alzaba como un testimonio silencioso de su habilidad para transformar lo que otros consideraban desecho en algo útil y digno. El paso del tiempo no hizo más que cimentar su posición en ese rincón poco convencional; nadie objetó su presencia, y así fue como Pompeya, con la sencillez de su determinación, se estableció en aquel peculiar hogar.

El basurero, en su paradójica naturaleza, proporcionaba a Pompeya todo lo que necesitaba para subsistir. Latas y cartón corrugado, antes condenados a una vida de inutilidad, llegaban a sus manos como recursos vitales. Con esto, Pompeya encontró una fuente de ingresos, y la necesidad de perseguir otras profesiones quedó eclipsada por la abundancia de materiales a reciclar. A sus cincuenta y cinco años, la vida de Pompeya estaba entrelazada con aquel vasto y a menudo menospreciado reino de desechos. Sus únicos compañeros eran sus perros, fieles guardianes de su solitario dominio, y el propio basurero que la había acogido y alimentado durante tantos años.

En el interior de su singular morada, un mundo de tesoros reciclados se desplegaba ante los ojos curiosos. Una televisión, testigo de historias no contadas, y un radio que sintonizaba las voces del mundo exterior, se alineaban como los guardianes de sus pensamientos y emociones. La sala y el comedor, con muebles construidos a partir de lo que otros habían descartado, eran un testimonio de su habilidad para ver más allá de lo superficial. Y en la recámara, un rincón íntimo y personal, yacía un lecho de sueños entretejidos con las fibras de su historia.

El exterior de la casa era un mosaico de curiosidades y utilidades potenciales. Desde utensilios de cocina abandonados hasta restos de artefactos electrónicos, cada objeto tenía su lugar designado en ese escenario improvisado. Incluso una silla de dentista, símbolo de un oficio que nunca pensó ejercer, se alzaba como un monumento a su capacidad de adaptación y su habilidad para encontrar valor en lo inesperado. Pompeya coleccionaba estas reliquias con la prudencia de un conocedor, sabiendo que, en algún momento, su vida podría necesitar de ellas.

Y así, en las sombras del basurero, Pompeya tejía su historia con hilos de perseverancia y creatividad. Su casa, un tributo a la resiliencia y la autenticidad, se alzaba como un faro en medio de un mar de desechos. Sus perros, sus confidentes y guardianes, la acompañaban en su cotidianeidad, mientras el basurero, su aliado incondicional, le brindaba las herramientas para sobrevivir y prosperar. En un mundo donde la transformación estaba en su esencia, Pompeya era la encarnación de la capacidad humana de hallar belleza y propósito en los lugares más inesperados.

Aquel día, cuando los rayos del sol dorado comenzaban a ceder ante el abrazo del crepúsculo, Pompeya emprendió su rutina familiar de vender las latas y el cartón que había colectado con dedicación en el centro de reciclaje. Las monedas que recibió a cambio no eran mucho, pero eran suficientes para mantener viva su pequeña morada y alimentar a su querida perrada.

Al regresar, el aire cargado de promesas de la noche, Pompeya se dispuso a tomar un merecido descanso. Sin embargo, algo en la atmósfera parecía distinto. Pronto, su intuición fue confirmada cuando notó la ausencia de Laika, la venerada matriarca de su fiel perrada. Su corazón latió con un ritmo apresurado mientras recorría con la mirada los confines del basurero en busca de su compañera canina.

Fue entonces cuando su mirada se posó en un lugar inusual, en un rincón iluminado por la presencia de un altar improvisado, un lugar donde la Virgen de los Pepenadores, como un faro de fe en medio de la oscuridad, resplandecía con su luz espiritual. Pero lo que capturó la atención de Pompeya no fue sólo la estampa devocional, sino la figura solitaria de Laika en aquel lugar de adoración.

«¿Por qué Laika estaría allí?», se preguntó Pompeya con un gesto de preocupación que se enredaba con el misterio del momento.

Llamó a Laika, pero esta no respondió. Curiosa y movida por la inquietud, Pompeya se adentró en el basurero, sorteando los montículos de desechos en su búsqueda. El manto de la noche parecía arrojar sombras al enigma que tenía ante sí.

Finalmente, el destino la condujo a los umbrales de la capilla donde reposaba el altar de la Virgen de los Pepenadores. Y allí, en un instante que detuvo el latido de su corazón, descubrió el objeto de Laika. Un bebé, frágil y vulnerable, yacía allí en una suerte de regazo divino, desafiando toda lógica y comprensión.

El asombro inundó a Pompeya, sus pensamientos y emociones chocando como olas en su mente. «¡Un bebé!», exclamó, su voz vibrando con una mezcla de asombro y preocupación. Las palabras reverberaron en el espacio, mezclándose con el eco de sus pensamientos. No había respuesta a su pregunta retórica, sólo la realidad cruda y desconcertante de la vida abandonada en el umbral del basurero.

El corazón de Pompeya latía con una mezcla de compasión y desconcierto. «¿A quién se le habrá ocurrido tirar un bebé al basurero?», se preguntó en voz alta, la incredulidad y la indignación entrelazándose en sus palabras.

El misterio se extendía ante ella, envuelto en la oscuridad de la noche y la luz intermitente de la Virgen de los Pepenadores. Y en ese instante, Pompeya se encontraba en el umbral de una nueva odisea, una que la llevaría a explorar los misterios de la vida, la esperanza y la capacidad humana de encontrar belleza en lo inesperado.

La noticia del bebé abandonado en el basurero había sacudido los cimientos de la realidad de Pompeya, lanzándola al corazón de un dilema inesperado. Temerosa de involucrarse en un asunto tan delicado, sus pasos la llevaron a la presidencia municipal, un lugar donde la autoridad y el deber de proteger a los ciudadanos descansaban en manos del comandante de policía. Pero las prioridades del comandante no parecían alinearse con la urgencia del momento, ya que se encontraba más preocupado por saciar su hambre que por atender el llamado de Pompeya.

—Comandante —comenzó Pompeya, su voz resonando con una mezcla de angustia y determinación—, alguien ha tirado un bebé al basurero, y lo increíble es que ¡está vivo!

Los ojos de Pompeya buscaban un reflejo de asombro en el comandante, pero en su lugar, sólo encontró indiferencia. El comandante, en medio de masticar su almuerzo, la miró con una mezcla de hastío y fastidio. Su respuesta fue como una bofetada silenciosa, minando la esperanza y la seriedad de la situación.

—No digas tonterías —respondió el comandante con tono condescendiente—. Nadie tira a los bebés. Quizá los padres lo olvidaron y volverán a recogerlo más tarde.

Las palabras del comandante resonaron en el aire como una negación implacable de la realidad que Pompeya había presenciado. Se sentía desamparada ante la frialdad de la lógica que descartaba lo inconcebible. La incredulidad del comandante, más que apaciguar sus preocupaciones, las intensificó.

Mientras abandonaba la presidencia municipal, Pompeya cargaba consigo una carga de decepción y desconcierto. Había buscado la ayuda de la autoridad, solo para encontrar una puerta cerrada de indiferencia. La necesidad de acción la llevó a la parroquia, donde esperaba encontrar compasión y guía en el padre. Sin embargo, la ironía del destino prevalecía, ya que el padre estaba ausente, entregado a una labor de amor y servicio en ayuda de los necesitados.

La frustración empujó a Pompeya a regresar al lugar que había sido testigo de un misterio sin resolver: el altar de la Virgen de los Pepenadores. Aquel lugar había sido un santuario de adoración y esperanza, pero ahora también era el epicentro de una incertidumbre abrumadora. El bebé, abandonado y frágil, se encontraba allí, en un estado vulnerable que llamaba a su sentido de compasión y urgencia.

La preocupación por la salud del pequeño la motivó a apurar el paso, tratando de llegar lo antes posible. Mientras se acercaba al bebé, su corazón latía con un ritmo ansioso. La escena que se desplegó ante los ojos asombrados de Pompeya fue como un destello de luz en la penumbra de la noche. Laika, la matriarca de la perrada, demostraba un instinto maternal que desafiaba las expectativas y trascendía las barreras de las especies. Con una delicadeza conmovedora, Laika estaba amamantando al bebé con su propia teta, ofreciendo un acto de compasión y cuidado que parecía ir más allá de lo humano.

La asombrosa revelación dejó a Pompeya sin palabras, su corazón latiendo con una mezcla de incredulidad y gratitud. Los ojos de Laika, llenos de una bondad que no necesitaba palabras para expresarse, se encontraron con los de Pompeya, estableciendo un vínculo silencioso que trascendía las limitaciones del lenguaje. En ese momento, Pompeya entendió que la presencia del bebé había despertado algo profundo en el corazón de Laika, una chispa maternal que desafió cualquier explicación lógica.

La tristeza aún pesaba sobre Pompeya como una sombra dolorosa. Solo dos días atrás, los cachorros de Laika habían enfrentado un trágico destino, ahogados por una tormenta implacable que inundó el lugar donde descansaban. Aquella pérdida había sido un golpe devastador para Laika, pero ahora, en medio de la oscuridad, surgía una nueva oportunidad de amor y cuidado.

Llegó el día más caluroso, uno que destilaba la sensación ardiente del sol sobre la tierra. Pompeya se encontraba ante una encrucijada inesperada: la vida de un bebé dependía de su decisión. La opción de dejar que el bebé enfrentara el mismo destino que sus cachorros parecía cruel e inconcebible. En medio de un momento de reflexión profunda, Pompeya tomó una elección que cambiaría el rumbo de su vida.

Decidió llevar al bebé a su casa, aceptando el desafío de cuidar de esa pequeña vida abandonada. El bebé se convirtió en un símbolo de esperanza y renovación, un recordatorio de que incluso en medio de la tragedia, la oportunidad de amor y cuidado puede surgir de las cenizas. Pompeya sostenía al bebé en sus brazos con una mezcla de ansiedad y ternura, sabiendo que estaba tomando una responsabilidad que no tenía precedentes.

La relación entre Laika y el bebé era un milagro en sí mismo. Laika seguía amamantando al bebé con devoción, un acto de cuidado que iba más allá de la biología y se sumergía en la profundidad del corazón. Pompeya observaba con asombro la manera en que Laika continuaba acercando su teta al bebé, proporcionando el alimento vital con una gentileza que desafiaba cualquier entendimiento convencional.

Mientras la luna se alzaba en el cielo, iluminando la oscuridad con su suave luz plateada, Pompeya no pudo evitar una pizca de humor en medio de la maravilla del momento.

—Bueno —comentó con una sonrisa que combinaba sorpresa y gratitud—, al menos no tenemos que gastar en leche para el bebé.

Su mirada se desvió hacia el pañal del bebé, sintiendo una mezcla de ansiedad y curiosidad. Entre risas suaves y emociones entrelazadas, su voz llenó el aire con una exclamación cargada de alegría:

—¡Es una niña!

En ese instante, en medio de las noches estrelladas y los misterios profundos del basurero, Pompeya experimentó una conexión profunda con Laika y el bebé. Laika, la madre de corazón amoroso, y el bebé, un símbolo de esperanza renacida, formaban un vínculo que desafiaba las barreras de la naturaleza y recordaba a Pompeya que, en los lugares más inesperados, la vida puede florecer con una belleza que trasciende la comprensión.

Dos días después del descubrimiento del bebé en el basurero, Pompeya regresó a la presidencia municipal en busca de respuestas y dirección. Su corazón estaba lleno de inquietud y su mente se había convertido en un torbellino de pensamientos, cada uno cargado de preocupación por el destino de la niña a la que había dado refugio.

La conversación con el comandante no ofreció la tranquilidad que esperaba. Sus palabras resonaron con una mezcla de comprensión y apatía, como si la gravedad del asunto no se correspondiera con la importancia que Pompeya le atribuía. Las palabras del comandante, aunque tranquilizadoras en cierta medida, dejaron a Pompeya con un sentimiento incómodo.

—Nadie te va a acusar de nada, Pompeya. Sigue cuidando a la niña hasta que la reclamen sus papás —insistió el comandante, su voz teñida de una paciencia que parecía mezclarse con la monotonía de su labor.

La respuesta no era lo que Pompeya había esperado. Se encontraba en un dilema moral y emocional, enfrentando una decisión que tenía el potencial de cambiar el rumbo de sus días.

La preocupación por el futuro de la niña la embargaba, y la idea de que los padres pudieran no regresar la llenaba de una ansiedad que no podía ignorar.

A pesar de sus preocupaciones, el tiempo pasó sin que nadie acudiera a resolver el enigma de la niña abandonada. Pompeya se encontró en un limbo emocional, cuidando de la pequeña criatura con un amor que crecía a medida que los días avanzaban. La conexión entre ambas se fortalecía con cada momento compartido, y la idea de separarse de la niña comenzaba a parecer inimaginable.

La niña, antes desconocida y vulnerable, se había convertido en un rayo de luz en la vida de Pompeya. El amor incondicional que Pompeya había entregado y recibido de sus perros se expandió para abrazar a la niña. La pequeña se había convertido en una parte integral de su vida, una presencia que llenaba su hogar de risas y balbuceos, una presencia que desafiaba cualquier expectativa preconcebida.

Pompeya, al observar a la niña crecer y florecer, comenzó a considerar una decisión que cambiaría sus vidas para siempre: La idea de adoptarla como su propia hija comenzó a tomar forma en su mente y corazón. Aunque las circunstancias eran inusuales y la sociedad podría mirar con recelo su decisión, Pompeya sentía que su destino estaba entrelazado con el de la niña de una manera que trascendía las preocupaciones externas.

Una mañana, mientras el sol emergía con su esplendor dorado, Pompeya tomó una decisión. Consultó el calendario santoral y sus ojos se posaron en el nombre del día: San Felipe. Como un guiño del destino, Pompeya sintió una conexión especial con aquel nombre. Decidió que era el momento de otorgarle un nombre a la niña, un nombre que llevaría consigo el amor y la esperanza que habían florecido en su corazón. Así, Felipa se convirtió en la encarnación tangible de la decisión de Pompeya, un nombre que sería el testimonio de un nuevo capítulo en sus vidas entrelazadas.

La compasión de Laika continuó fluyendo, y como un puente entre dos mundos, seguía amamantando a Felipa hasta que la niña pudo dar sus primeros pasos hacia la comida sólida. En el transcurso de los días, Laika y Felipa se convirtieron en compañeras de juego y complicidad, un símbolo de la capacidad de amar y cuidar más allá de las fronteras de la especie.

La vida de Pompeya, moldeada por la oscuridad y la luz del basurero, se había transformado en una historia de resiliencia, amor y redención. Su hogar, una combinación de maderas recicladas y corazones abiertos, se llenaba de risas y alegría. Y en el centro de todo, Pompeya y Felipa, unidas por lazos de amor que trascendían las limitaciones del tiempo y el espacio, formaban un dúo inseparable que desafiaba las expectativas y recordaba a todos que, en los lugares más inesperados, la belleza puede emerger y las vidas pueden converger en un camino de significado y propósito.

***

Los meses pasaron como hojas arrastradas por el viento, y en el umbral del basurero, la niña conocida como Felipa creció en un silencio ensordecedor. Nadie vino a reclamarla, ni los padres que la habían dejado a su suerte, ni las autoridades que parecían ciegas ante su presencia. El basurero, con su caótica sinfonía de desechos y secretos, y Pompeya, con su corazón abierto y su hogar hecho de recuerdos reciclados, eran dos puntos perdidos en el horizonte de la sociedad, dos realidades que para el resto del mundo eran lo que menos importaba en el universo.

Los años transcurrieron como capítulos de un libro cuyas páginas nunca habían sido leídas. La niña creció en el regazo del basurero, un lugar que se convirtió en su mundo y su refugio. La niñez de Felipa fue un delicado equilibrio entre la pobreza y la felicidad, una paradoja que solo aquellos que se atreven a mirar más allá de las apariencias pueden comprender.

En el corazón del basurero, Felipa descubrió un tesoro escondido en las sombras. El lugar se convirtió en su propio almacén de maravillas, un vasto mundo de posibilidades donde cada objeto desechado contenía una historia por contar. Jugó con muñecas rotas, rescatando su belleza y creando nuevas historias para ellas. Rompecabezas incompletos cobraron vida bajo sus manos hábiles, y carritos de juguete sin llantas rodaron por caminos imaginarios que solo ella podía ver. Libros para colorear, ya usados pero aún llenos de potencial, fueron sus lienzos de creatividad, llenando cada página con colores y trazos que reflejaban su alma vibrante.

El basurero, en su paradójica abundancia de escasez, proporcionaba todo lo que Felipa necesitaba para crecer. Encontró ropa y zapatos usados, que se convirtieron en símbolos de su adaptabilidad y resiliencia. Un colchón viejo, desechado por otros pero adoptado por Felipa con gratitud, se convirtió en su cama y su refugio en las noches estrelladas.

La vida en el basurero estaba marcada por la simplicidad y la autenticidad. Las risas de Felipa se mezclaban con los sonidos del viento entre los desechos, y su alegría resonaba como una canción en un escenario que parecía haber sido olvidado por el mundo exterior. Pompeya, la figura materna y protectora en la vida de Felipa, se convirtió en su guía y su amiga. Juntas, compartieron momentos de aprendizaje y crecimiento, tejiendo recuerdos que se convertirían en hilos de conexión entre sus corazones.

A medida que los años se deslizaban con la elegancia de un río tranquilo, Felipa y Pompeya forjaron un vínculo indisoluble. La niña, que había sido abandonada en un lugar inhóspito, encontró en el basurero y en Pompeya una familia que trascendía los lazos de sangre. Crecieron juntas, como dos almas que se entrelazan en un baile de amor y cuidado.

La niñez de Felipa, aunque marcada por la pobreza material, se enriqueció con una riqueza espiritual que solo aquellos que han conocido la adversidad pueden comprender. Aprendió lecciones de gratitud, creatividad y perseverancia que no se enseñan en las aulas formales, sino en la escuela de la vida que solo el basurero podía proporcionar.

Y en el centro de todo, el basurero seguía siendo un símbolo de transformación y redención. El lugar que había acogido a Felipa en su momento más vulnerable se convirtió en su hogar y su santuario, una tierra de oportunidades ocultas entre los desechos. Y en el corazón de ese mundo, Pompeya y Felipa, dos almas unidas por la adversidad y la bondad, se mantenían firmes como un faro de esperanza en medio de las sombras.

Dentro del modesto hogar que Pompeya había construido con paciencia y amor en el seno del basurero, cada rincón resonaba con el eco de la creatividad y la adaptación. Felipa, la pequeña niña que había encontrado refugio en ese lugar olvidado por la sociedad, se sumergía en un mundo de posibilidades que trascendían la pobreza material. En una esquina del espacio, descansaba un vestidor de seis cajones, una pieza que a primera vista podría parecer insignificante, pero que en realidad era un tesoro lleno de secretos.

El vestidor, con su aroma a madera antigua y su pátina de historias pasadas, era un cofre de tesoros que Felipa exploraba con admiración y gratitud. Cada cajón era un portal a un universo diferente, lleno de ropa de segunda mano que había sido rescatada y cuidada con cariño. Un espejo grande, aunque estrellado, se alzaba como una ventana al mundo de posibilidades que la vida podría ofrecer. Cada mañana, Felipa se paraba frente a él, peinando su cabello con dedos pequeños llenos de determinación. A pesar de las imperfecciones del espejo, reflejaba la imagen de una niña llena de esperanza y resiliencia.

La habitación se llenaba de la risa musical de Felipa mientras exploraba su guardarropa. Las prendas de colores variados y los accesorios olvidados por otros encontraban nueva vida en sus manos creativas. Felipa se daba el lujo de cambiar su guardarropa según su antojo, experimentando con diferentes combinaciones de prendas y colores. En esos momentos, se sentía como una reina en su propio reino de imaginación, rodeada de comodidades que habían sido rescatadas del olvido.

Sin embargo, entre todas las maravillas de su espacio, lo que más fascinaba a Felipa eran los libros. Una pila de libros que habían sido arrojados a la basura se había convertido en su puerta de entrada a mundos desconocidos y aventuras emocionantes. A medida que aprendió a leer, cada palabra se convirtió en una llave que abría puertas a nuevos horizontes de conocimiento y exploración.

Felipa acumuló una impresionante colección de libros, una tesorería de sabiduría que desafiaba las limitaciones de su entorno. Sus ojos brillaban mientras recorría las páginas llenas de historias de vidas notables. Sus favoritos eran las biografías de aquellos que habían dejado huellas imborrables en la historia de la humanidad. Las vidas de Gandhi, el Buda, la madre Teresa de Calcuta, san Juan Pablo II, Samael Aun Weor y Nelson Mandela se convirtieron en compañeros constantes de sus pensamientos y sueños.

El basurero, con su paradoja de desechos y tesoros, siguió siendo un mundo de asombro y descubrimiento para Felipa. Un día, entre las extravagancias que se escondían entre los objetos abandonados, encontró prendas que no eran solo ropa, sino la manifestación de la identidad y la creatividad. Se atrevió a experimentar y un día, deslumbrante y audaz, se vistió de manera sugerente, con una peluca rubia que le otorgaba un aire de misterio, zapatos de tacón alto que le daban una estatura imponente y un vestido demasiado corto para su edad.

Cuando Felipa caminó por el basurero con tacones altos, su figura pequeña y determinada doblaba sus piernas al andar, imitando la elegancia de las modelos que solo había visto en las páginas de revistas desgastadas. Pompeya, observando el espectáculo con cariño y diversión, se carcajeó ante la visión única de la niña que desafiaba las convenciones con valentía y un toque de travesura. En ese momento, el basurero se convirtió en un escenario de libertad y autoexpresión, donde incluso los objetos abandonados podían encontrar un nuevo significado y las limitaciones eran solo oportunidades para la creatividad floreciente de Felipa.

En el corazón del basurero, una conexión que trascendía las palabras se había forjado entre Felipa y Laika. Como una madre protectora y una hija adoptiva, compartían un vínculo que era más profundo que la biología misma. Cada paso de Felipa estaba acompañado por la silueta confiable de Laika, una presencia que ofrecía consuelo y seguridad en medio de la incertidumbre del mundo.

La relación entre Felipa y Laika era como una sinfonía en constante armonía. Dondequiera que Felipa iba, Laika la seguía con fidelidad inquebrantable. Eran un dúo inseparable, dos almas que habían encontrado consuelo y compañía en la presencia del otro. Laika, la matriarca canina que había amamantado a Felipa en sus primeros días de vida, había encontrado en la niña una compañera leal, una amiga que llenaba sus días con risas y aventuras.

Sus días eran como un lienzo en blanco, esperando ser pintados con los colores vivos de la alegría compartida. Jugaban en los rincones sombreados del basurero, donde los objetos desechados se convertían en elementos de diversión e imaginación. Las risas melodiosas de Felipa y los ladridos juguetones de Laika llenaban el aire con una energía contagiosa, un recordatorio de que la felicidad podía encontrarse incluso en los lugares más inesperados.

La complicidad entre ambas no conocía límites. Al caer la noche, cuando las estrellas parpadeaban en el firmamento como diamantes brillantes, Felipa y Laika compartían los sueños en la intimidad de su hogar improvisado. Los sueños de la niña se mezclaban con las patas que se movían y las orejas que se agitaban en el sueño de Laika, creando una danza silenciosa de esperanzas y deseos compartidos.

Sin embargo, sus aventuras no se limitaban a los confines del basurero. Juntas, exploraban los límites del mundo conocido, enfrentando el horizonte con valentía y emoción. El río Tepetate, ubicado en las afueras de Agua Fría, se convirtió en su refugio secreto. Era un lugar donde el agua fluía con la misma serenidad que el tiempo, y donde la naturaleza parecía susurrar secretos ancestrales al viento.

Felipa y Laika cruzaban los campos verdes con entusiasmo, sus pasos llenos de anticipación. Al llegar al río Tepetate, se sumergían en las aguas refrescantes, abrazando la sensación de libertad que solo el agua podía ofrecer. Las risas de Felipa resonaban entre los árboles, y Laika nadaba con gracia y alegría, sus patas moviéndose en una coreografía natural que parecía llevarla hacia la felicidad pura.

En ese rincón natural de serenidad, Felipa y Laika compartían momentos que quedaban grabados en sus corazones como piedras preciosas. Hablaban en un lenguaje que trascendía las palabras, una comunicación basada en la comprensión y la conexión profunda que solo el amor podía proporcionar. En medio de las aguas que fluían y las risas que se entrelazaban, crearon recuerdos que se convertirían en tesoros eternos de sus vidas.

Así, en el abrazo de la naturaleza y el latido constante del basurero, Felipa y Laika compartieron un vínculo que desafió las limitaciones del tiempo y la lógica. Eran dos espíritus afines, dos almas que habían encontrado en el otro una fuente inagotable de amor y compañía. Cada día que pasaban juntas, ya fuera explorando los confines del basurero o sumergiéndose en las aguas serenas del río Tepetate, era una celebración de la vida y la amistad, una melodía de alegría que resonaba en los corazones de ambas como un eco eterno.

El transcurso de los años continuó tejiendo las hebras de la vida de Felipa en el tapiz del tiempo. Mientras el sol y la luna compartían su danza eterna en el cielo, Felipa avanzaba en su camino educativo. Ya no era solo una niña jugando entre los tesoros olvidados del basurero, sino una joven que se estaba convirtiendo en una exploradora de conocimiento y descubrimiento.

Felipa había cruzado las fronteras de la educación primaria, y ahora se encontraba en el segundo grado de la escuela. La sala de clases, con sus bancos desgastados y sus pizarras llenas de tiza, se había convertido en un escenario donde las semillas del saber florecían bajo la luz de la dedicación. Felipa, con su mente inquisitiva y sus ojos brillantes, se sumergía en las lecciones con un hambre insaciable de aprender.

Sin embargo, mientras los días pasaban y las estaciones giraban como un carrusel de emociones, Felipa se dio cuenta de algo inusual en sí misma. Sus sentidos, en particular su sentido del olfato, habían madurado de una manera que la hacía diferente de los demás niños. Una tarde, mientras jugaba en su rincón favorito del basurero, cerró los ojos y dejó que el viento susurrante le hablara en su lenguaje secreto de olores.

Felipa era capaz de detectar el rastro de la vida en cada olor que flotaba en el aire. Podía capturar las fragancias de las mascotas que acompañaban a sus compañeros, las huellas olfativas que quedaban en la ropa de los niños. También podía reconocer el aroma de aquellos que no se habían bañado, como un espectro invisible que solo ella podía ver. La profundidad de su olfato trascendía los límites de lo convencional, permitiéndole identificar los olores que los demás pasaban por alto.

Pero más allá de lo superficial, Felipa descubrió que su don olfativo era una puerta abierta a un mundo de percepción más profunda. Podía discernir los rastros emocionales que se escondían en los olores de las personas. Podía sentir el estrés que flotaba como una nube sutil en el aire, así como las sombras de la depresión que oscurecían las esencias de aquellos que la rodeaban.

Un día, impulsada por su intuición y su deseo de ayudar a los demás, Felipa se encontró en una situación que cambiaría vidas. En el aula, mientras su maestra impartía una lección y los niños se entregaban a sus propios pensamientos, Felipa se percató de un aroma sutil, un matiz que no había estado allí antes. Con la seriedad de un médico experimentado, señaló con su dedo índice hacia la zona de su pubis y se dirigió a la maestra.

—Maestra, necesitas ir al doctor —dijo Felipa, sus palabras resonando en el silencio de la sala.

La maestra, sorprendida por la audacia y la determinación de la niña, decidió seguir su consejo. Aquella tarde, visitó una clínica y se sometió a una serie de análisis. Los resultados trajeron consigo un diagnóstico que habría pasado desapercibido de no ser por la observación aguda de Felipa. El cáncer en los ovarios había sido detectado en etapas tempranas, permitiendo que el tratamiento se iniciara a tiempo y brindando a la maestra una oportunidad real de curación.

El acto de empatía y percepción de Felipa se convirtió en un rayo de luz en la vida de su maestra, un recordatorio de que el don de la niña trascendía la superficie y tocaba las vidas de los demás en formas inesperadas. El vínculo entre Felipa y aquellos a quienes tocaba con su presencia se fortalecía, y su historia nacía en el tejido mismo de la comunidad que la rodeaba.

En medio de los desechos y las sorpresas del basurero, Felipa había encontrado su propósito. No solo era la niña que había sido rescatada por el amor y la amistad en un lugar olvidado por muchos, sino que también era un faro de percepción y cuidado, una voz que susurraba en el lenguaje de los sentidos y la empatía. A medida que el tiempo continuaba su marcha, Felipa seguiría escribiendo su historia única en las páginas de la vida, una historia de descubrimiento, amor y redención que desafiaba las expectativas y recordaba a todos que incluso en los lugares más oscuros, la luz podía encontrar su camino.

Dentro de la cálida morada que Pompeya había construido con paciencia y amor en medio del basurero, se desarrollaba una dinámica intrigante entre Felipa y su don olfativo excepcional. Mientras el tiempo fluía como el agua en un río constante, los sentidos de la niña se convertían en una ventana a un mundo que trascendía lo convencional. Cada día traía consigo nuevos descubrimientos, y cada aroma se convertía en una pista en el misterio que era la vida misma.

Pompeya, con su experiencia en la vida y su intuición materna, comenzó a sospechar que la habilidad de Felipa para detectar olores iba más allá de la casualidad. En la modesta cocina, mientras los ingredientes se mezclaban en una sinfonía de sabores, la niña estaba allí, presente como una guardiana invisible de los secretos olfativos.

En más de una ocasión, cuando Pompeya estaba sumida en la preparación de la comida, Felipa pronunciaba sus observaciones desde una distancia considerable:

—Le faltan sal y condimentos a la sopa.

Pompeya, ante la extrañeza inicial, decidió seguir la intuición de la niña. Tomando la cuchara en sus manos, probó la sopa con una mezcla de curiosidad y escepticismo. Y en un instante, las palabras de Felipa cobraron vida. Efectivamente, los sabores requerían una dosis de sal y condimentos para alcanzar la perfección culinaria. El asombro y la admiración llenaron los ojos de Pompeya mientras observaba a Felipa con una mezcla de asombro y orgullo.

Pero la percepción aguda de Felipa no se limitaba solo a la cocina. En el bullicioso mercado de Agua Fría, donde las voces y los aromas se entrelazaban en un caos armonioso, Felipa seguía siendo una observadora atenta de su entorno. Un día, mientras caminaban entre los puestos de frutas y verduras, Felipa se acercó a una mujer con una sonrisa amistosa.

—Tienes un bebé ahí dentro —dijo Felipa con la seguridad de una adivina que había visto a través del velo del tiempo.

La mujer la miró con un desconcierto momentáneo antes de continuar su camino. Pompeya, acostumbrada a la agudeza de

Felipa, simplemente observó el intercambio con una sonrisa indulgente.

Sin embargo, el tiempo, que a menudo es un aliado en la revelación de la verdad, trajo consigo una revelación sorprendente. Al cabo de varios meses, Pompeya se cruzó nuevamente con la misma mujer en el mercado. Los meses habían dejado su huella en la mujer, cuya figura había cambiado sutilmente.

Pompeya la saludó amigablemente, y la mujer respondió con un gesto tímido pero encantado.

—¿Recuerdas cuando mi niña te dijo que tenías un bebé en camino? —preguntó Pompeya con una chispa de curiosidad en sus ojos.

La mujer asintió con una sonrisa, y una luz de comprensión y asombro iluminó su rostro.

—Sí, lo recuerdo. En ese momento, no podía creerlo. Pero luego, unas semanas después, descubrí que estaba embarazada. Fue una sorpresa maravillosa —confesó la mujer.

Pompeya asintió con una mezcla de asombro y gratitud. Felipa, con su don singular y su intuición profunda, había sido el puente que conectaba el presente y el futuro, la realidad visible y los misterios ocultos.

La vida de Felipa seguía siendo un mosaico de descubrimientos y conexiones, una obra de arte en constante evolución que desafiaba las expectativas y recordaba a todos que hay más en la vida de lo que los ojos pueden ver. A medida que el tiempo fluía y el basurero seguía siendo su refugio de maravillas, Felipa continuaba tejiendo hilos de misterio y esperanza en la tela del mundo, una niña que había encontrado en sus sentidos un camino hacia el corazón de la verdad misma.

137

El tiempo continuaba su marcha inquebrantable, llevando consigo los días y las noches en el basurero como páginas de un libro que nunca se cansa de contar historias. Felipa, la niña con el don extraordinario, exploraba el mundo con sus sentidos agudos y su corazón lleno de curiosidad. Su conexión con el entorno se había profundizado hasta el punto en que conocía cada rincón y cada secreto que el lugar guardaba celosamente.

Sin embargo, no todo en ese mundo de sensaciones era placentero para Felipa. El misterio de la vida, como un cuadro de luces y sombras, también albergaba sus miedos. Felipa tenía una aversión intensa a los nidos de ratones y las culebras que acechaban en las sombras. En las noches silenciosas, su imaginación a menudo tejía cuentos de terror en los que esas criaturas se convertían en monstruos míticos que acechaban en las esquinas más oscuras de su mundo.

A pesar de su habilidad para detectar los olores con precisión casi sobrenatural, Felipa no podía evitar que la sensación de pánico se apoderara de ella cuando se encontraba cerca de esos nidos. Eran como puertas a un mundo que desafiaba su valentía, un recordatorio de que incluso los dones más especiales podían coexistir con las debilidades humanas.

En la escuela, su don la había convertido en una presencia intrigante y, a veces, intimidante para sus compañeros. Los juegos de infancia, como las escondidas, se convirtieron en un desafío inusual. Los niños descubrieron rápidamente que jugar a las escondidas con Felipa era una tarea imposible. Sus sentidos agudos la convertían en una buscadora imbatible, capaz de percibir los sutiles cambios en el aroma de sus amigos mientras se ocultaban.

Los juegos que solían ser risas y diversión se habían convertido en una expresión de la soledad de Felipa. Pero incluso en medio de ese desafío, su espíritu no se rompía. Siempre encontraba formas de divertirse y conectarse, ya fuera explorando el basurero con Laika o sumergiéndose en los mundos que los libros desechados ofrecían.

El don de Felipa trascendía los límites de la cotidianidad y a menudo la colocaban en situaciones en las que podía marcar la diferencia. Su habilidad para percibir a través del olfato la llevó a reconocer a quienes merecían su confianza y a aquellos que no. Un día, cuando el destino tejió los hilos del peligro y la oportunidad, Felipa se convirtió en una heroína inadvertida.

En una tarde de sol suave, mientras Pompeya atendía sus tareas diarias en el basurero, un ladrón acechó en las sombras. Con manos hábiles y ojos codiciosos, se abalanzó hacia la cartera de Pompeya, listo para robarla y desaparecer en la oscuridad. Pero Felipa, con su agudo sentido del olfato, percibió el cambio en el aire. Su intuición sonó como un grito silencioso en su mente, advirtiéndole del peligro que se cernía.

Sin dudarlo, Felipa se puso en acción. Con la destreza de un cazador que persigue a su presa, se acercó sigilosamente al ladrón y su cartera. Los perros, fieles guardianes de la niña y el basurero, detectaron la tensión en el aire y se unieron a la defensa. Sus ladridos llenaron el espacio con una ferocidad inesperada, revelando la presencia del ladrón.

La combinación de la astucia de Felipa y la protección de los leales caninos fue suficiente para ahuyentar al ladrón, quien huyó presa del pánico. La cartera de Pompeya quedó intacta, y su gratitud hacia la niña que había percibido la amenaza invisible era inmensa. En ese momento, el don de Felipa se convirtió en un escudo invisible que protegía a aquellos que amaba y desafiaba incluso las sombras más oscuras.

A medida que la historia de Felipa se tejía en la cinta del tiempo, seguía revelando los misterios y las maravillas de un mundo que solo ella podía ver y sentir. Los días en el basurero continuaban su danza inmutable, pero el corazón y los sentidos de Felipa seguían descubriendo nuevos matices en el lienzo de la vida. Su don, que había sido tanto una bendición como una carga, se manifestaba con cada aliento y cada latido, como un faro que iluminaba los secretos ocultos de su entorno.

La certeza de sus habilidades llegó como un eco en el alma de Pompeya, su protectora y guía en aquel rincón del mundo olvidado por muchos. Una tarde en el mercado, el bullicio y la agitación de la multitud fueron interrumpidos por los gritos desesperados de una mujer. La tragedia había tocado a su puerta de la manera más cruel: su hijo había sido arrebatado de sus brazos por manos desconocidas.

El caos y el ruido se mezclaban con la angustia palpable en el aire mientras la madre clamaba por ayuda, buscando a su hijo entre las sombras del mercado abarrotado. La multitud, atrapada en sus propias realidades y preocupaciones, parecía ajena al dolor de la madre. Los vendedores seguían ofreciendo sus mercancías, los clientes regateaban sin cesar, y el ritmo frenético de la vida seguía su curso sin compasión.

La policía llegó al lugar, pero se encontraron con un enigma que no sabían cómo resolver. La desesperación de la madre se mezclaba con la inutilidad de la situación. Nadie había visto nada, nadie sabía nada. La policía buscaba pistas en un laberinto de rostros anónimos, sin saber por dónde comenzar su búsqueda. En medio de la confusión y la desesperanza, una voz se elevó sobre el caos, una voz que resonó como un eco de claridad en la mente de todos.

—¡Yo sé hacia dónde se dirigieron! —exclamó Felipa, su voz firme y decidida.

Las palabras de la niña actuaron como un faro que guía a los barcos a puerto seguro en medio de la tormenta. La madre, movida por la desesperación y la esperanza, se aferró a Felipa como a un salvavidas en medio del océano tormentoso. La tomó del brazo, sus ojos llenos de lágrimas buscando en la niña una promesa de que todo estaría bien.

La policía, en medio de la incertidumbre, escuchó atentamente las palabras de Felipa. La niña, con su don de percepción olfativa, era un faro que señalaba el camino hacia la verdad. Sin más opción que seguir a la niña, la madre, la policía y Pompeya comenzaron su travesía por un laberinto de olores y misterios.

Como una partitura musical, el camino hacia la verdad se desplegó ante Felipa. Se abrió paso a través de la multitud que parecía cerrarse como un río que fluye en diferentes direcciones. Su olfato, agudo como el ojo de un halcón, separaba los olores de la gente y las cosas, como un prisma que revela los colores escondidos en la luz.

Caminaron, guiados por la intuición y el don de Felipa, hasta que llegaron a un hotel de mala reputación a las afueras del pueblo. Sus paredes desgastadas y sus ventanas rotas eran testigos silenciosos de secretos oscuros. Felipa señaló una puerta con una seguridad que solo su don podría otorgar. Era la puerta hacia la verdad que habían estado buscando.

La policía, sin vacilación, tocó la puerta, pero el silencio fue la única respuesta. Sin embargo, la determinación de la niña y su don de percepción no se dejaron intimidar. Con patadas que resonaron como tambores de justicia, la puerta cedió ante la fuerza de la ley y la esperanza. Allí, en la habitación oscura, se encontraban el secuestrador y el niño, en un enfrentamiento de voluntades y destinos.

La madre, finalmente libre del abrazo del miedo, vio a su hijo y se aferró a él como si el tiempo mismo se hubiera detenido. La visión de su hijo en peligro y su regreso seguro llenaron sus ojos de lágrimas de alivio y gratitud. La niña, Felipa, la que veía a través de los aromas y las emociones, se convirtió en luz que había guiado su camino hacia la victoria.

El secuestrador, derrotado y expuesto, fue llevado a la justicia que había eludido durante tanto tiempo. La resiliencia de la madre, la audacia de Felipa y la fuerza de la ley se habían unido en una sinfonía de coraje y determinación. La historia, que se había tejido en los pasillos del mercado y los rincones oscuros del basurero, había encontrado su clímax en la liberación de un niño y el triunfo de la verdad.

A medida que el sol se hundía en el horizonte, iluminando el cielo con tonos dorados y carmesíes, el basurero, que había sido testigo de tantas historias silenciosas, continuaba guardando secretos y tesoros. Y en medio de todo eso, en el corazón del basurero y en el alma de Felipa, la historia seguía tejiéndose, con cada aroma, cada encuentro y cada desafío, en una narrativa que recordaba a todos que incluso en los lugares más oscuros, la luz del coraje y la verdad podía encontrar su camino.

En el curso implacable de los años, la vida en el basurero continuaba su danza sin fin, tejiendo historias de amor y pérdida en las sombras de los recuerdos. Felipa y Laika, dos almas entrelazadas por lazos invisibles, se habían convertido en un símbolo de compañía y fortaleza en un mundo donde la soledad acechaba en cada rincón. Juntas, habían enfrentado desafíos y descubierto los secretos de ese mundo peculiar que habitaban.

Pero como los caprichos del destino a menudo dictan, un día llegó en el que los caminos de Felipa y Laika se separaron de manera abrupta y cruel. El sol, que una vez había iluminado sus travesías con un brillo dorado, se ocultó en una nube de tragedia. Fue en un instante fugaz, cuando el rugido de un motor y el chirrido de llantas desataron el caos. Un auto atropelló a Laika, y el mundo pareció detenerse en ese momento de horror.

El corazón de Felipa latía como un tambor frenético mientras sus ojos se clavaban en la figura del auto que se alejaba en la distancia. El shock y la impotencia la inundaron, y un grito mudo resonó en su interior. El mundo a su alrededor se oscureció, como si la tragedia hubiera teñido los colores y las formas de sombras indescifrables.

Laika, su fiel compañera, yacía en el suelo, sus ojos buscaban a Felipa con una mirada de tristeza y despedida. En un instante, la vida que habían compartido se convirtió en un recuerdo quebradizo. Las lágrimas brotaron de los ojos de Felipa, un torrente de dolor que parecía no tener fin. Se arrodilló junto a Laika, la acarició por última vez y le susurró palabras de amor y gratitud.

El auto responsable se había esfumado como un fantasma, dejando a Felipa con un corazón roto y una sensación de injusticia que ardía en su pecho. El tiempo parecía detenido, un eco silencioso del amor y la pérdida que ahora llenaban su mundo.

El luto se apoderó de Felipa como un manto oscuro. El aire parecía más denso, los colores menos vibrantes y el corazón lleno de un vacío que parecía imposible de llenar. Pompeya, testigo de la agonía de la niña, intentó consolarla con palabras de aliento y gestos de afecto. Pero el dolor de Felipa era profundo, un abismo de tristeza en el que se hundía cada vez más.

Pompeya, aunque intentaba brindar consuelo, no podía evitar sentir una mezcla de envidia y admiración por el vínculo inquebrantable entre Felipa y Laika. La conexión entre una niña y su fiel compañera era algo que trascendía las palabras y tocaba lo más profundo del corazón humano. Aunque Pompeya deseaba que Felipa encontrara consuelo, no podía evitar sentirse al margen de esa relación única y poderosa.

Felipa, en su dolor y soledad, encontró un rincón especial en su corazón para Laika. La enterró cerca de su casa, en un lugar donde pudiera visitarla y llevarle flores, como un tributo constante a la lealtad y el amor que habían compartido. Los días se convirtieron en semanas, y semanas en meses de luto silencioso. Cada día, al lado de la tumba de Laika, Felipa dejaba un pedacito de su alma, manteniendo viva la llama de su memoria.

La pérdida de Laika, su madre en espíritu, fue un golpe difícil de superar. Felipa se encontraba en medio de un mar de emociones encontradas: la tristeza que la envolvía como una sombra y la sensación de que algo se había perdido para siempre. El basurero, que una vez había sido un lugar de aventuras y descubrimientos compartidos, ahora parecía ser un eco silencioso de lo que había sido.

A medida que los días pasaban, Felipa comenzó a enfrentar un camino de sanación. La herida en su corazón no se cerraba fácilmente, pero el tiempo, ese eterno sanador, comenzó a atenuar el dolor más agudo. El basurero seguía siendo su refugio y su hogar, y Laika, en espíritu, seguía siendo su compañera de aventuras.

El amor y el recuerdo de Laika se convirtieron en una fuente de fortaleza para Felipa. La vida en el basurero continuaba su danza y en medio de la rutina de la vida en el basurero, los hilos del destino tejían nuevas tramas, cada una más compleja y sorprendente que la anterior. Mientras Felipa lidiaba con la pérdida de Laika y su esencia seguía impregnando cada rincón de su ser, Pompeya, por su parte, comenzaba a ser presa de la avaricia que a veces anida en los corazones humanos.

La búsqueda del beneficio monetario parecía haberse apoderado de Pompeya como una sombra insidiosa. Sus ojos centelleaban con la promesa de riquezas mientras observaba a Felipa, cuyos dones habían demostrado ser mucho más extraordinarios de lo que cualquiera podría haber imaginado. La avaricia se había convertido en el telón de fondo de su mente, y sus pensamientos se tejían con el hilo del interés propio.

—¿De dónde has sacado ese olfato tan prodigioso? —inquirió Pompeya en una ocasión, sus palabras cargadas de expectación y codicia.

La respuesta de Felipa, dulce y sincera, resonó en el aire como una melodía en un cuento de hadas.

—No lo sé. Creo que fue la leche de Laika la que me dio esta habilidad —dijo Felipa, su voz llevando consigo la nostalgia de los recuerdos compartidos.

Las palabras de Felipa llevaron a Pompeya a un viaje por el tiempo, cuando Laika había sido la protectora y suministradora de alimentos de Felipa. Las memorias de aquellos momentos, como diamantes enterrados en la arena de la historia, brillaban ante ellas, iluminando los lazos que habían unido a una niña y a su fiel amiga.

—También recuerdo cuando mi mamá me abandonó en la capilla de la Virgen de los Pepenadores. Laika me encontró y me dio su teta para que tomara su leche. Después llegaste tú y me recogiste del basurero —reveló Felipa con una calma que parecía rozar lo sobrenatural.

Pompeya, sorprendida y atónita, quedó muda ante la narración de Felipa. Las palabras de la niña parecían haber desenterrado recuerdos de un tiempo que había quedado atrás en las sombras de la memoria. La historia de Felipa, tejida con los hilos del abandono y la providencia, se presentaba ante Pompeya como una revelación inesperada.

La niña había sido testigo de su propia historia, como un observador silencioso en las sombras del pasado. La leche de Laika, el amor de una madre adoptiva en forma de perrita, había dejado un rastro indeleble en la esencia misma de Felipa. Su mente retenía momentos que la mayoría habría perdido en la nebulosa del tiempo.

El silencio se extendió entre ellas como un puente que unía pasado y presente. Pompeya se encontraba sumida en una mezcla de asombro y temor. ¿Cómo era posible que Felipa pudiera recordar tan claramente los eventos de su infancia, incluso cuando era tan pequeña? El misterio de la memoria de Felipa se convirtió en un enigma que resonaba en las profundidades de la mente de Pompeya.

En las profundidades del basurero, donde la vida continuaba su danza incesante, las conversaciones entre Felipa y Pompeya tejían hilos de conocimiento y misterio. El aire estaba impregnado de secretos y curiosidades, y cada palabra resonaba como un eco en las paredes invisibles de su mundo compartido.

Pompeya, con ojos que parecían contener un brillo de deseo insaciable, buscaba respuestas en las palabras de Felipa. La curiosidad se había mezclado con la avaricia en su búsqueda de un beneficio que podría sacar provecho de las habilidades únicas de la niña.

—¿Sabes quién es tu madre? —preguntó Pompeya, las palabras flotaban en el aire como una hoja suspendida en la brisa.

La respuesta de Felipa, cargada de una tristeza profunda pero serena, resonó como un susurro en la quietud del basurero.

—No sé quién es, pero aún recuerdo su olor. Si la vuelvo a oler, sabré que es ella —respondió Felipa, sus palabras llevando consigo la nostalgia de un lazo perdido en la nebulosa del tiempo.

Pompeya, con los ojos reflejando un atisbo de empatía, contempló a la niña ante ella. La búsqueda de identidad, un enigma que muchas veces es más desafiante que los rompecabezas más intrincados, parecía ser la carga que Felipa llevaba en su corazón. La fragancia única de una madre, impregnada en los recuerdos más profundos, se había convertido en una esperanza en medio de la oscuridad de la incertidumbre.

Pero la conversación no se detuvo en el pasado. La avaricia de Pompeya había desenterrado una pregunta que, para ella, tenía un valor mucho más pragmático.

—¿Y sabes oler las enfermedades? —inquirió Pompeya, sus palabras delineando la parte del asunto que más le interesaba.

Las palabras de Felipa, sencillas y sinceras, resonaron en el aire como notas de una melodía olvidada.

—Sí, pero no sé los nombres de la mayoría de ellas— respondió Felipa, como una revelación que apuntaba a una puerta a lo desconocido.

El don de Felipa, tan maravilloso como misterioso, había revelado su capacidad para detectar el aroma del sufrimiento y la enfermedad. Como una llama que parpadea en la oscuridad, su habilidad trascendía lo común y tocaba la esencia misma de la fragilidad humana. Aunque la comprensión de las enfermedades no estaba acompañada de nombres médicos, el instinto de Felipa resonaba en el tejido de su ser, como una conexión intuitiva con las luchas y los desafíos que enfrentaban quienes la rodeaban.

En el trasfondo del tiempo y el espacio, la vida en el basurero seguía su curso inexorable. Las estaciones venían y se iban, dejando huellas en el paisaje y en los corazones de aquellos que habitaban sus confines. Felipa, ahora una niña de doce años, estaba en un punto crucial de su vida, en un cruce donde el conocimiento y la ética chocaban en un torbellino de decisiones.

Pompeya, con su mente siempre en busca de oportunidades, había ideado un plan para aprovechar el don de Felipa de una manera que podría traer beneficios materiales. La avaricia que había asomado antes se había arraigado en el corazón de Pompeya como una semilla insidiosa. La niña, con sus habilidades olfativas, se convertiría en una especie de oráculo, capaz de identificar enfermedades por su olor característico.

Con ese propósito, Pompeya llevó a Felipa a un hospital de desahuciados, un lugar donde la lucha contra la enfermedad y la adversidad a menudo terminaba en derrota. Era un lugar de sombras y sufrimiento, pero también de humanidad y esperanza, donde las vidas a menudo se cruzaban en busca de alivio y consuelo.

—Te acercas a los enfermos y les dices que estás aquí para rezar por ellos. Entonces les preguntas qué enfermedad tienen, ellos te van a contestar, ya que los desahuciados siempre quieren hablar de su enfermedad. Ocúpate de oler esa enfermedad y memoriza su nombre —instruyó Pompeya, sus palabras flotando en el aire como hojas a la deriva.

Las palabras de Pompeya eran como las piezas de un rompecabezas, que Felipa intentaba ensamblar en su mente. La línea entre el conocimiento y la explotación parecía desdibujarse en medio de las intenciones mezcladas. Felipa, con su alma noble y su deseo genuino de ayudar, se encontró en una encrucijada.

Y así, con la instrucción de Pompeya en su mente y una mezcla de emociones en su corazón, Felipa se acercó a los enfermos en el hospital de desahuciados. Como un rayo de luz en medio de las sombras, ofreció sus oraciones y su atención a quienes tanto necesitaban un respiro en su camino hacia la inevitabilidad.

La niña habló con cada enfermo, su voz suave y cálida, y los escuchó con atención mientras compartían las cargas de sus enfermedades. A medida que escuchaba sus palabras, Felipa respiraba profundamente, como si tratara de absorber el aroma que acompañaba a cada enfermedad. Sus sentidos, agudos como nunca, comenzaron a identificar las sutilezas en el aire, las notas olfativas que diferenciaban cada enfermedad.

Pero a medida que avanzaba en su misión, Felipa no pudo evitar sentir una conexión más profunda con los desahuciados. La empatía fluía en su corazón, tejiendo hilos invisibles entre ella y quienes compartían sus historias. No eran solo olores, eran las voces de lucha y sufrimiento que resonaban en su alma.

Felipa no solo aprendía los nombres de las enfermedades, sino que también aprendía a comprender el dolor humano de manera más profunda. En lugar de una máquina de diagnóstico, se estaba convirtiendo en una fuente de compasión y apoyo para aquellos que se habían enfrentado a la adversidad con valentía.

Las semanas se convirtieron en meses, Felipa continuó su trabajo en el hospital de desahuciados. Sus habilidades evolucionaron más allá de la identificación de olores. Su presencia y sus palabras traían consuelo y un sentimiento de no estar solos en la batalla contra la enfermedad. Era como si su corazón hubiera encontrado su propósito en el cuidado de los demás.

La vida en el basurero, con sus secretos y misterios, había guiado a Felipa a un camino donde el conocimiento y la compasión se entrelazaban de manera única. Cada conversación con los desahuciados era un recordatorio de la fragilidad y la fuerza del espíritu humano. El basurero, un lugar que muchos habrían considerado insignificante, se había convertido en el escenario de una transformación silenciosa pero profunda en el corazón de Felipa.

En el escenario de la vida, donde cada persona es un actor y cada momento es un acto en el gran teatro del destino, Felipa continuaba su viaje por los caminos del asombro y la comprensión. Las habilidades que había desarrollado, como un lienzo pintado con los colores de lo insólito, estaban a punto de teñirse con los tonos más profundos de la fe y la esperanza.

A medida que los días pasaban, Felipa se convirtió en una bendición en el hospital de desahuciados. Sus habilidades para detectar enfermedades y ubicar tumores malignos la habían elevado a un estado de misterio y admiración. Los médicos, que habían pasado sus vidas estudiando y practicando la medicina, se encontraron en una encrucijada entre la razón y lo inexplicable.

La niña, con su sencillez y su sabiduría innata, se acercaba a los médicos con información precisa sobre la ubicación de tumores malignos. Sus palabras eran como pequeñas joyas de conocimiento, lanzadas a la incertidumbre del diagnóstico médico.

—Sé dónde está el tumor de este paciente. ¿Lo quieren operar? —decía Felipa, con la serenidad de alguien que ha descifrado un enigma secreto.

Los médicos, atónitos y dubitativos, intercambiaban miradas de incredulidad. ¿Podía ser cierto que esta niña, cuyo hogar estaba en las sombras del basurero, tuviera conocimiento que desafiara los límites de la ciencia médica? Sus corazones se debatían entre la sospecha y la curiosidad.

Incluso Pompeya, en su deseo de aprovechar el don de Felipa, se unía a la conversación. Sin embargo, sus esfuerzos no eran suficientes para persuadir a los médicos, que mantenían sus dudas intactas. Fue entonces que el paciente mismo se convirtió en el catalizador de una revelación inesperada.

—¡Sigan las indicaciones de la niña, ella es la Virgen del Basurero! —exclamó el desahuciado con un fervor que resonó en el aire como un eco etéreo.

La mención de este título sagrado, pronunciado por labios que habían conocido el sufrimiento y la lucha, cambió el curso de la conversación. Los médicos, movidos por la desesperación y la fe que yacían en el corazón del paciente, finalmente decidieron seguir las indicaciones de Felipa.

La niña, ahora elevada a un estatus de divinidad en el basurero, no se dejó llevar por el título que le habían otorgado. Su enfoque seguía siendo el bienestar de aquellos que sufrían, de aquellos que no habían conocido más que luchas y desafíos. Se convirtió en una voz que señalaba el camino hacia la sanación, una guía en un mundo de incertidumbre.

Los médicos, guiados por la confianza del paciente y la certeza infundida por Felipa, llevaron a cabo la operación. Lo que encontraron en el cuerpo del desahuciado dejó a todos sin palabras: el tumor estaba exactamente donde Felipa había indicado. La sorpresa y la admiración llenaron la sala de operaciones, como un coro silencioso que cantaba el elogio de lo inexplicable.

Felipa, la Virgen del Basurero, había dejado una marca imborrable en las vidas de aquellos que habían cruzado su camino. Su don no sólo trascendía el olfato, sino que también despertaba la fe y la compasión en los corazones de quienes la rodeaban. Mientras el sol se alzaba y se ponía sobre el basurero,

Felipa seguía tejiendo un relato que, aunque oscilaba entre lo terrenal y lo trascendental, estaba imbuido de la esencia misma de la humanidad en toda su complejidad y belleza.

***

Los días y las noches tejían su canto en el lienzo de la vida, y Felipa continuaba siendo el faro de esperanza en el oscuro mar de la enfermedad y el sufrimiento. La leyenda de la Virgen del Basurero se expandía como un eco en las brisas del norte de Puebla y Veracruz, llevando consigo historias de curación milagrosa y un don que desafiaba las fronteras de la lógica.

Con el tiempo, el hospital de desahuciados se convirtió en un santuario de fe y esperanza, y Felipa era su guardiana. Como una sombra amorosa, se acercaba a cada cama con una sonrisa y una palabra de aliento. Pero un día, sus pasos la llevaron a una cama que albergaba algo diferente.

—Hermana, ¿cuál es tu enfermedad para rezar por ti? —inquirió Felipa, su voz como una brisa que susurraba secretos al viento.

La señora en la cama, con su semblante sereno, respondió con gratitud en su mirada:

—Gracias por tu bondad, hermana, pero no estoy enferma, estoy descansando en esta cama. Soy voluntaria, estoy aquí para ayudar.

La verdad resonó en sus palabras, pero Felipa, como una hoja que se balancea en la brisa, llevaba la certeza en sus sentidos. Un suave olfato, una fracción de segundo en el que los aromas se entrelazan con la comprensión, le reveló la ausencia de enfermedad en el cuerpo de la señora. Una comprensión que trascendía lo físico, que estaba arraigada en la intuición y la conexión.

—Hermana, ¿cómo consigues tener buena salud? —interrogó Felipa, los ojos brillando con una fascinación innegable.

La señora compartió sus secretos con humildad y sabiduría, revelando los hábitos y elecciones que habían forjado su salud. La voz de la experiencia se entrelazó con la curiosidad de la joven, creando un diálogo que trascendía las palabras y abrazaba la esencia misma de la vida.

El relato de la señora resonó en el alma de Felipa, como una melodía que encontraba eco en su propio ser. Cada consejo, cada elección consciente, resonaba con la verdad de una vida en equilibrio con la naturaleza. Fue entonces que las piezas del rompecabezas en la mente de Felipa comenzaron a encajar en un cuadro completo.

Con los ojos de la comprensión abiertos de par en par, Felipa se dio cuenta de que las enfermedades eran muchas veces el resultado de elecciones y hábitos que se apartaban de la armonía natural. Las palabras de la señora eran como semillas que caían en su mente y brotaban en una revelación clara como el agua de un manantial.

A partir de ese instante, el propósito de Felipa tomó una nueva dimensión. Su visión trascendió la curación de enfermedades individuales para abrazar una causa más grande: la prevención y la promoción de la salud en su forma más elemental. El poder del basurero, con sus tesoros escondidos y secretos por descubrir, se manifestó en la forma de una niña que llevaba un mensaje de cambio y transformación.

Felipa, con la autoridad de su experiencia y la pasión de su corazón, comenzó a compartir sus descubrimientos con los pacientes del hospital. Las recomendaciones de una dieta herbívora, el rechazo de alimentos procesados y la promoción de una vida en armonía con la naturaleza se convirtieron en su mensaje. Y su influencia, como una marea creciente, cambió la dirección del hospital.

La dirección del hospital, guiada por la confianza y la admiración que habían florecido en torno a Felipa, abrazó su mensaje. Las bebidas y comidas procesadas fueron desterradas, y la dieta se transformó en un reflejo de la sabiduría que había aprendido. El santuario de esperanza se convirtió en un faro de salud y transformación, una comunidad que abrazaba la naturaleza y rechazaba los caminos de la enfermedad.

Así, en los pasillos del hospital que alguna vez habían conocido solo el dolor y la desesperación, se abría un sendero hacia la curación y la prevención. La Virgen del Basurero, con su don único y su corazón apasionado, había traído una luz que iluminaba más allá de las enfermedades, una luz que guiaba hacia un nuevo camino en la búsqueda de la salud y el bienestar.

***

La vida se desplegaba como una narrativa rica y compleja, tejida con los hilos de la fama, la bondad y la envidia. Felipa, la Virgen del Basurero, había trascendido las fronteras de su hogar en el basurero para convertirse en una guía de esperanza en los alrededores. Su don, como una joya rara y única, brillaba en la oscuridad del sufrimiento humano, ofreciendo un atisbo de luz en medio de la incertidumbre.

Su presencia era como un bálsamo para los corazones heridos. Los necesitados acudían a ella con la confianza de que su olfato prodigioso les brindará alivio y esperanza. Cada día, el hospital de desahuciados era testigo de sus acciones, de su dedicación infatigable al bienestar de los demás. Las palabras de agradecimiento y las miradas de gratitud se tejían en su historia personal, creando un tapiz de impacto y humanidad.

Sin embargo, en los recovecos de la realidad, la envidia y la avaricia de Pompeya crecía como una sombra. La avaricia había arraigado sus garras en su corazón, oscureciendo su aprecio por la nobleza y el amor de Felipa. Mientras la comunidad alababa a la Virgen del Basurero, Pompeya anhelaba los beneficios económicos que podrían provenir de sus habilidades.

La divergencia entre la bondad de Felipa y los intereses egoístas de Pompeya era un reflejo del eterno duelo entre la luz y la oscuridad. Mientras Felipa extendía sus manos para ofrecer curación y esperanza, Pompeya contemplaba oportunidades financieras en cada diagnóstico que la niña otorgaba. La envidia y la avaricia, como una sombra hambrienta, amenazaba con consumir lo que una vez había sido una relación de cuidado y amor.

La fama de Felipa crecía con cada historia de sanación, con cada sonrisa que se devolvía a los rostros marcados por la enfermedad. Sin embargo, en el corazón de Pompeya, esa fama resonaba como un eco amargo, recordándole lo que no podía tener. La envidia y la avaricia, alimentadas por su deseo insaciable de riqueza, amenazaban con transformar lo que alguna vez fue un refugio en una fuente de conflictos. Mientras los necesitados se arropaban en la cálida luz de su presencia, Pompeya se sumía en un conflicto interno, luchando entre sus deseos y la realidad de su relación con Felipa. La Virgen del Basurero seguía siendo una fuente de esperanza, pero las sombras de la envidia y la avaricia era el conflicto que se alzaba en el horizonte, amenazando con desdibujar la pureza de su misión y la nobleza de su don.

La mañana se alzó en un cielo de expectación, como una hoja en blanco lista para ser escrita con las palabras de un nuevo capítulo. Pompeya, con un brillo en los ojos que apenas ocultaba su intención, despertó temprano a Felipa. La niña, todavía entre los pliegues del sueño, se asomó por la ventana y se encontró con un espectáculo que la dejó sin aliento. Una multitud se había congregado ante su hogar, una multitud variopinta y colorida, como un tapiz humano tejido por la esperanza.

Las miradas ansiosas, los rostros marcados por el sufrimiento y la incertidumbre, buscaban en Felipa un refugio para sus penas. Los ojos que habían llorado lágrimas de desesperación ahora se posaban en ella, como si su presencia pudiera ser la clave para desvanecer el dolor que yacía en sus corazones.

Entre la multitud, un joven se abrió paso con urgencia, sus ojos desesperados buscando la mirada de la Virgen del Basurero. Con un gemido, exclamó:

—¡Mi corazón se acelera, creo que voy a morir de un ataque al corazón!

Felipa observó el drama que se desarrollaba ante ella, pero una chispa de comprensión y humor brilló en sus ojos. Con suavidad, como quien desentraña un enigma, preguntó:

—¿Te has sentido así antes, en otras ocasiones?

El joven asintió con fuerza, sus manos aferradas al pecho, como si pudiera apaciguar el galope acelerado de su corazón con su propio tacto.

Felipa no pudo evitar soltar una carcajada, una risa que resonó como un eco de luz en medio de la tensión. La gente miraba, desconcertada por la reacción de la niña, pero la risa de Felipa era como una brisa fresca que disipaba la pesadez del aire.

—Discúlpenme por reírme —dijo Felipa, recuperando la compostura—, pero tu problema no es un ataque al corazón. Tu problema son los ataques de pánico.

Las palabras fluyeron de sus labios con la tranquilidad de quien ha encontrado la clave para descifrar un enigma. Con paciencia y ternura, explicó al joven qué eran los ataques de pánico, cómo se manifestaban y cómo podía prevenirlos. Cada palabra que pronunciaba era un destello de sabiduría, una gota de alivio en el océano de su angustia.

El joven, asombrado y aliviado, escuchó atentamente. Sus ojos, una vez nublados por la ansiedad, ahora se iluminaban con la comprensión y la esperanza. Abrazando las palabras de Felipa como un regalo precioso, se marchó con un paso más ligero y un corazón menos cargado.

La multitud seguía esperando, anhelante, pero ahora había un destello de curiosidad y expectación en sus ojos. La risa de Felipa y su habilidad para desentrañar el sufrimiento con palabras de sabiduría habían capturado su atención. Ese día, en medio de la multitud reunida a sus pies, Felipa demostró una vez más que su don no solo residía en su olfato prodigioso, sino en la compasión y el entendimiento que emanaba de su corazón.

Y así, en ese día de encuentros y revelaciones, la Virgen del Basurero dejó su huella en el alma de aquellos que habían venido en busca de alivio. Con cada sonrisa compartida, con cada palabra de consuelo, se forjaba una conexión más profunda entre Felipa y su comunidad. El hilo de la esperanza se tejía con cada interacción, recordándoles que, en medio de la oscuridad, siempre había una luz que guiaba el camino hacia la curación y el bienestar.

Ese día, los cielos parecían tejidos con hilos de nostalgia y anhelo. Felipa, como una viajera de los sentidos, se adentró en las calles de Agua Fría con una intuición aguda y una expectación que latía en su pecho. El viento jugueteaba con los pliegues de su cabello mientras sus pasos resonaban en el pavimento, como los acordes de una canción cuyas palabras aún no había descubierto.

El rastro de un olor llegó a su nariz, una fragancia que le hablaba en susurros del pasado, de momentos que yacían en las profundidades de su memoria como gemas escondidas. Era el olor que había estado buscando desde que tenía conciencia: el aroma de su madre biológica. Aunque había sido apenas una bebé cuando fue abandonada en la capilla de la Virgen de los Pepenadores, ese aroma había quedado impregnado en su ser, una huella imborrable de la conexión maternal que había sido cortada antes de que pudiera florecer.

Felipa siguió el rastro con el corazón latiendo con fuerza en su pecho. Cada paso la acercaba más a la posibilidad de encontrar el origen de ese olor que había sido su compañero silencioso durante tantos años. El camino la llevó hacia el mercado, donde los olores se entrelazaban en un mosaico vibrante de colores y sabores. Sin embargo, justo en la entrada del mercado, el rastro se desvaneció como un sueño al despertar.

La frustración se alzó en su pecho como una marea, amenazando con arrastrar sus esperanzas y anhelos. Desesperadamente, intentó encontrar nuevamente ese rastro evasivo, explorando cada esquina y rincón, como un detective siguiendo las pistas de un misterio intrigante. Pero la fragancia se había desvanecido, como un suspiro que se pierde en el viento.

Quizás su madre había abordado un auto y se había alejado, como una estrella fugaz que se desvanece en la vastedad del cielo nocturno. Felipa se encontró parada en medio del mercado, con el corazón lleno de un tumulto de emociones. La esperanza había sido fugaz, pero había dejado una marca en su corazón, una chispa de posibilidades que continuaba ardiendo en su interior.

Esa noche, mientras el cielo se teñía de tonos cálidos al atardecer, Felipa se encontraba frente a la capilla de la Virgen de los Pepenadores, observando la figura inmutable que había sido testigo silencioso de su vida. La brisa acariciaba su piel, llevando consigo el eco de sus pensamientos y deseos. A pesar de la incertidumbre, la chispa de esperanza seguía ardiendo en su interior, recordándole que cada camino, aunque pareciera desaparecer en la distancia, siempre dejaba una huella en el corazón.

Y así, mientras las estrellas comenzaban a puntuar el cielo y la luna se alzaba majestuosa en su trono de plata, Felipa alzó la mirada hacia el firmamento, como si pudiera encontrar en las estrellas una respuesta a los enigmas de su pasado y los destinos que se entrelazaban en su presente. En el corazón de la noche, la niña con el olfato prodigioso se convirtió en un símbolo de la búsqueda eterna del amor y la conexión, una búsqueda que la llevaría por caminos desconocidos y misterios por descubrir.

***

Los días transcurrieron como las páginas de un libro que se desliza entre los dedos curiosos de un lector ansioso. Felipa, imbuida de un aura de determinación y esperanza, continuaba sus labores en el basurero mientras su corazón latía al ritmo de sus deseos más profundos. Cada vez que el viento jugaba con los aromas que se mezclaban en el aire, sus sentidos se alzaban como antenas, listos para capturar la esencia que tanto ansiaba.

En una tarde dorada, el sol pintaba tonos de ámbar en el horizonte mientras Felipa paseaba por el basurero, recogiendo objetos olvidados y rescatando tesoros entre la maraña de desechos. Fue entonces cuando una brisa suave acarició su piel y sus fosas nasales captaron una fragancia que la hizo detenerse en seco. Era ella otra vez: la esencia que había estado buscando. Como una llamada en el viento, el aroma la guio hacia un rincón del basurero, un rincón que parecía haber sido olvidado incluso por los desamparados objetos que allí yacían.

Con el corazón latiendo con fuerza, Felipa siguió el rastro que se volvía más intenso a medida que avanzaba. Cada paso la acercaba más al encuentro que había anhelado durante años. Imaginó cómo sería ese momento, cómo la abrazaría, cómo le contaría sobre su vida, sobre las cosas que había aprendido, sobre los misterios que había desentrañado y las vidas que había tocado.

Pero, como en una danza cósmica, el rastro de aroma se desvaneció una vez más, dejando en su lugar la sombra de la frustración. Felipa se quedó en medio del basurero, con los ojos cerrados, tratando de retener la fragancia en su mente, como si pudiera recrearla a través del poder de su voluntad. Sin embargo, el viento había tomado su caprichoso curso y había llevado consigo la pista que tanto ansiaba.

El crepúsculo se derramaba sobre el horizonte, tiñendo el cielo con tonos de naranja y rosa. Felipa permanecía en su lugar, envuelta en un silencio que resonaba con la melodía de sus pensamientos. A pesar de la decepción, sabía que no iba a rendirse. Cada encuentro fugaz con el rastro de su madre biológica la acercaba más a un desenlace que podía sentir en el aire, como el cambio de estaciones que anuncian la llegada de la primavera.

Y así, con la noche extendiéndose como un manto de estrellas sobre su cabeza, Felipa continuó su camino, sabiendo que cada día traía consigo nuevas oportunidades y que el destino seguía tejiendo su historia con hilos de misterio y esperanza. Las estrellas brillaban como faros en la oscuridad, guiándola hacia un futuro incierto pero lleno de promesas. La Virgen del Basurero, con su olfato prodigioso y su corazón valiente, se convertía en un símbolo de perseverancia y fe en medio de las incertidumbres de la vida.

***

Los días seguían su curso como un río que fluye incesantemente, llevando consigo historias de dolor y esperanza. Felipa se convertía en una luz en medio de la oscuridad de la enfermedad y el desamparo. Su reputación como la Virgen del Basurero crecía con cada vida que tocaba, cada diagnóstico certero que ofrecía y cada corazón que sanaba gracias a sus habilidades únicas.

Los pacientes llegaban de todas partes, buscando respuestas y soluciones en los ojos claros de Felipa. En plazas y plazuelas, en parques y en hospitales improvisados, ella escuchaba las historias de los enfermos con paciencia y empatía. Como un oráculo moderno, señalaba con su dedo el lugar exacto de la dolencia, iluminando el camino hacia la sanación. A menudo, las personas quedaban asombradas por su precisión y su capacidad para ver más allá de lo evidente.

Pero, mientras Felipa cosechaba gratitud y admiración, Pompeya continuaba sumida en un resentimiento que crecía como una sombra oscura en su corazón. No entendía por qué Felipa se negaba a aceptar dinero por sus servicios, a pesar de que podrían haber dejado atrás la pobreza que los rodeaba. Para Pompeya, la vida en el basurero se volvía cada vez más amarga, mientras veía cómo las multitudes acudían a su protegida en busca de respuestas.

La relación entre Pompeya y Felipa se volvía tensa. Los silencios se volvían incómodos, las palabras que antes fluían como un río se volvían escasas y cargadas de frustración. Cada vez que Felipa rechazaba una oferta de dinero, Pompeya sentía que su sacrificio y apoyo no eran suficientemente valorados. Pero, a pesar de todo, Felipa continuaba con su labor, atendiendo a los enfermos sin importar su estatus social o su capacidad de pago.

En medio de este conflicto interno, Pompeya observaba cómo la comunidad se aferraba a la figura de Felipa con mucha esperanza. La niña del basurero se había convertido en un símbolo de bondad, compasión y poder curativo. Aunque su relación se encontraba en una encrucijada, Pompeya no podía ignorar la maravilla que había ayudado a gestar, ni la realidad de que Felipa estaba llevando luz y alivio a quienes más lo necesitaban.

La dualidad de sus sentimientos, la envidia y la avaricia, chocaban como mareas en el corazón de Pompeya. A pesar de sus diferencias, sabía que Felipa era una fuerza extraordinaria que había transformado sus vidas y tocado innumerables corazones. En el oscuro telar de la vida, los hilos de sus destinos se entrelazaban, creando una historia que trascendía la pobreza, la envidia y los desafíos que enfrentaban.

Mientras tanto, Felipa continuaba su labor incansable, trazando caminos de sanación con su olfato prodigioso y su corazón amoroso. Las multitudes podían acudir a ella en busca de respuestas, pero solo Pompeya y Felipa conocían la complejidad de su relación y la valiosa lección que estaban aprendiendo en el camino. En medio de las adversidades, la Virgen del Basurero brillaba como un sol de esperanza y redención, guiando a los perdidos hacia la luz.

***

Felipa continuaba siendo una luz de compasión y claridad en medio de la oscuridad. Las vidas de los que la rodeaban eran tejidas por los hilos de su intuición y su amor desinteresado. Pero con cada día que pasaba, su carga emocional se volvía más pesada. La responsabilidad de enfrentar las tragedias de otros, de revelar diagnósticos desgarradores y de cargar con las esperanzas de aquellos que buscaban desesperadamente una cura, empezaba a cobrar su precio en su espíritu sensible.

El incidente de la madre y su hija enferma sin cura para su enfermedad fue un recordatorio doloroso de los límites de su poder. A pesar de las súplicas y las ofertas de dinero, Felipa no podía obrar milagros. Su capacidad de oler la enfermedad y las emociones no era una panacea para todas las dolencias del mundo. Cada vez que enfrentaba un caso sin solución, sentía el peso de su impotencia, la carga de ser testigo de la fragilidad de la vida humana.

En su pequeño refugio en el basurero, Felipa lloraba en silencio por aquellos que no podía ayudar. A medida que sus habilidades se volvían más conocidas y requeridas, su tiempo se dividía entre momentos de triunfo y momentos de lamento. Aunque había salvado a muchos, siempre sentía el peso de aquellos que habían quedado fuera de su alcance.

En esos momentos de vulnerabilidad, Pompeya trataba de ser un apoyo para Felipa, comprendiendo la carga emocional que llevaba. A pesar de sus diferencias y resentimientos, Pompeya había sido testigo de la nobleza del corazón de Felipa. La mujer del basurero admiraba la fortaleza de la niña, que llevaba sobre sus hombros el peso de las tragedias ajenas.

La fama de la Virgen del Basurero se expandía como un fuego que iluminaba la oscuridad. Sus acciones inspiraban a la comunidad, despertando la compasión y el deseo de ayudar a otros. La historia de cómo Felipa había descubierto la causa de las enfermedades y había salvado a muchas personas se convirtió en un cuento que se repetía en las calles y plazas.

A pesar de los desafíos y las emociones abrumadoras, Felipa no perdía de vista su objetivo principal: ayudar. A medida que crecía en sabiduría y experiencia, empezaba a entender que su don no era solo para diagnosticar enfermedades, sino también para educar y prevenir. Trató de enseñar a las personas sobre hábitos de vida saludables, sobre la importancia de la higiene y una alimentación adecuada.

La historia de Felipa, la niña del basurero convertida en la Virgen del Basurero, continuaba expandiéndose, tomando nuevos giros y desafíos a medida que pasaban los años. La dualidad entre su don de sanación y su humanidad frágil se entrelazaba, creando una narrativa llena de altibajos, emociones profundas y lecciones valiosas. Mientras tanto, Agua Fría y los lugares circundantes vivían bajo la influencia de la Virgen del Basurero, encontrando esperanza y redención en medio de la adversidad.

Un día, un hombre rico trajo a su pequeño hijo enfermo de leucemia y le pidió a Felipa que lo salvara. Desesperado, el hombre le ofreció mucho dinero. Felipa se cubrió la cara con las manos y comenzó a llorar, diciéndole al hombre:

—Lo siento mucho, señor, su hijo no tiene cura.

El llanto de Felipa resonó en el corazón del hombre rico, quien miró a la niña con lágrimas en los ojos. Aunque desesperado por salvar la vida de su hijo, también comprendía la tristeza que cargaba Felipa al enfrentar la realidad de la leucemia. Agradeció a la niña por su honestidad y se marchó con su hijo en brazos, dejando atrás el aroma a desesperanza y resignación.

Felipa permaneció en silencio, sumida en sus propios pensamientos y emociones. La impotencia de no poder salvar a todos la atormentaba. Se preguntaba si su don tenía un propósito más allá de identificar enfermedades y ofrecer consuelo. A menudo, sus noches se llenaban de reflexiones en la oscuridad, cuestionando el alcance y las limitaciones de su habilidad.

La tristeza y la carga emocional no disminuyeron su empeño en ayudar a los demás. Los días pasaban y su fama como la Virgen del Basurero crecía aún más. A medida que su nombre se hacía eco en rincones distantes, las historias sobre sus hazañas se tejían en la trama de la comunidad. La imagen de Felipa se convertía en un oasis de esperanza para muchos, y su aura de compasión abrazaba a todos los que buscaban su guía.

Entre los relatos que circulaban sobre la Virgen del Basurero, se encontraba la historia del orfanato y la salmonelosis. El descubrimiento de la fuente del problema había salvado a los niños y cambiado la vida de la institución para siempre. El estiércol de las palomas en el tejado del orfanato contaminaba la comida de los niños. Felipa, con su conocimiento y su nariz aguda, había arrojado luz sobre una situación que antes estaba envuelta en la oscuridad de la ignorancia.

A pesar de las dificultades y los desafíos, Pompeya también experimentó un cambio gradual en su actitud hacia Felipa. A medida que observaba a la niña entregarse incondicionalmente a los demás, su corazón se envenenaba más y la verdadera maldad emanaba de ella. La envidia y la avaricia empezaron a expandirse, dejando espacio para la maldad y el rencor dentro de su corazón.

Sin embargo, Felipa no podía escapar de la búsqueda de su propia identidad. El rastro del olor de su madre biológica continuaba apareciendo en momentos inesperados, recordándole que su historia personal seguía siendo un enigma sin resolver. Cada vez que se perdía el rastro, su corazón latía con la esperanza de un reencuentro, pero también con el temor de lo que podría descubrir.

La historia de la Virgen del Basurero, la niña que podía oler las enfermedades y cambiar destinos, seguía desarrollándose como un tapiz tejido con los hilos del amor, la compasión y la búsqueda de significado. En cada esquina de Agua Fría y más allá, su influencia se dejaba sentir, recordándoles a todos que incluso en el lugar más insospechado podía encontrarse un alma capaz de marcar la diferencia.

***

Los días pasaban, y la obsesión de Pompeya crecía como una sombra que se extendía silenciosamente en su interior. La bondad y el don de Felipa se habían convertido en una pesadilla en los ojos de Pompeya, quien había sacrificado su propia compasión en el altar de la envidia y la avaricia.

En la soledad de su hogar en el basurero, Pompeya maquinaba planes oscuros para desacreditar a Felipa. No podía soportar ser eclipsada por la joven prodigio, cuyos logros y virtudes la colocaban en un pedestal que Pompeya anhelaba alcanzar. Cada vez que los elogios y la gratitud eran dirigidos a Felipa, un aguijón de amargura se clavaba más profundamente en el corazón de Pompeya.

Sus pensamientos retorcidos la llevaban a idear formas de hacer tropezar a Felipa, de poner en duda su habilidad y su autenticidad. Sin embargo, no se atrevía a actuar abiertamente en su contra, temiendo que la comunidad la repudiara por atacar a la figura amada y respetada de la Virgen del Basurero.

Mientras tanto, Felipa continuaba con su labor, sin darse cuenta de la tormenta que se gestaba a su alrededor. Sus días estaban llenos de consultas, diagnósticos y consejos que aliviaban el sufrimiento de los enfermos. Pero, en el fondo de su corazón, persistía la búsqueda de su madre biológica, el aroma que la guiaba y la atormentaba al mismo tiempo.

El pueblo, dividido entre la admiración por Felipa y el resentimiento oculto de Pompeya, no podía evitar notar la tensión que aumentaba. Los rumores se mezclaban con la realidad, creando un ambiente cargado de intrigas y emociones encontradas. Algunos sospechaban de la envidia y avaricia de Pompeya, mientras otros preferían ignorar las señales de discordia y continuar buscando la guía y el alivio que solo Felipa podía proporcionar.

Pero la historia aún tenía capítulos por develar. Los secretos y las sombras estaban listos para salir a la luz, revelando conexiones y revelaciones que sacudirían la vida de todos en Agua Fría. En medio de esta oscuridad, la llama de la verdad y la compasión seguía ardiendo en el corazón de Felipa, quien no podía imaginar las pruebas y los desafíos que aún le aguardaban en su camino.

Durante su peregrinación, visitó muchos municipios de México hasta llegar a las afueras de Tenochtitlán. Sin embargo, los oligarcas de la ciudad le impidieron entrar, temiendo la influencia positiva que Felipa tenía sobre el pueblo mexica. Por lo tanto, Felipa decidió hacer una peregrinación fuera de la gran ciudad, necesitaba un lugar amplio para congregar a miles de feligreses.

Encontró un terreno grande cerca del lago de Texcoco, donde pudo llevar a cabo una peregrinación de esa magnitud.

Nadie supo exactamente cuántas personas asistieron a la peregrinación, pero los helicópteros de los noticieros anunciaban cerca de medio millón de personas presentes.

Se veían mares de gente a varios kilómetros a la redonda. Todos los noticieros estaban presentes para presenciar ese momento histórico en México. La Virgen del Basurero captó la atención de todo el país. Antes de salir a dar su discurso en la peregrinación, Felipa echó un vistazo para ver el mar de gente que había venido desde Tenochtitlán. Sentía unos nervios insoportables, las manos le sudaban. No se explicaba cómo era posible que tanta gente estuviera allí para ver a una persona de solo dieciocho años de edad.

La brisa fresca del lago de Texcoco acariciaba su rostro, y Felipa se encontraba parada en el escenario improvisado, mirando la multitud que se extendía ante ella. La vista era abrumadora: un océano de rostros ansiosos y esperanzados que habían venido a escuchar sus palabras y ser tocados por su presencia. Aunque joven en edad, la sabiduría que irradiaba en sus ojos era innegable.

El sol comenzaba a ponerse, tiñendo el cielo con tonos dorados y naranjas mientras el murmullo de la multitud llenaba el aire. Cientos de miles de personas, provenientes de diferentes rincones del país, habían dejado atrás sus preocupaciones y cargas diarias para ser parte de este momento histórico. En sus miradas se reflejaba la esperanza y la búsqueda de un cambio, una guía hacia un camino más luminoso.

El ruido de las cámaras y los micrófonos de los medios de comunicación creaba un zumbido constante en el fondo, cuando Felipa salió para hablar al micrófono, se escuchó un rugido y los aplausos de la gente a varios kilómetros de distancia. Sin embargo, antes de comenzar a hablar, La Virgen del Basurero sintió un cambio en la presión atmosférica, algo estaba fuera de lugar. Confundida por unos segundos, no comprendió por qué las aves estaban huyendo de Tenochtitlán. Felipa interpretó lo que estaba sucediendo y gritó con todas sus fuerzas:

—¡Terremoto! ¡Todos afuera! ¡Viene un terremoto!

La gente estaba confundida, tanto en la peregrinación como en sus casas aquellos que la estaban viendo por televisión.

—¡Salgan de donde estén! ¡Viene un terremoto!

Muchas personas gritaron y salieron corriendo de los edificios y casas donde estaban, mientras que otras dudaron, ya que la alarma de sismos aún no había sonado para advertir del terremoto. Al fin comenzó a sonar la alarma anti terremotos y el terremoto empezó al mismo tiempo, aunque hubo un retraso de varios minutos desde la advertencia de Felipa.

Afortunadamente, mucha gente logró salir de los edificios y casas a tiempo. El caos reinó durante unos minutos que parecieron horas, mientras la gente gritaba y lloraba angustiada al sentir cómo la tierra temblaba de un lado a otro. El pánico y la desesperación se extendieron desde Tenochtitlán hasta el sur de Oaxaca.

La tierra continuaba sacudiéndose con ferocidad, como si la madre naturaleza se hubiera despertado en cólera. Los edificios crujían y se sacudían, algunos colapsaban en nubes de polvo y escombros, mientras que otros resistían con tenacidad el embate del terremoto. En medio del caos, la multitud que había asistido a la peregrinación de Felipa luchaba por mantener el equilibrio, aferrándose a lo que podían mientras el suelo seguía temblando bajo sus pies.

Felipa misma luchaba por mantenerse en pie en el escenario, sus manos se agarraban con fuerza al podio mientras su corazón latía con intensidad. La advertencia que había dado había sido crucial, pero ahora su atención estaba dividida entre mantener la calma y asegurarse de que todos los presentes pudieran salir ilesos.

La multitud comenzó a moverse en medio de la confusión, buscando un lugar seguro lejos de los edificios que podrían derrumbarse. La tierra continuaba retumbando y el estruendo era ensordecedor. Algunos intentaban comunicarse con sus seres queridos a través de sus celulares, mientras otros buscaban refugio en los espacios abiertos del terreno.

A pesar del miedo y el caos, se podía ver a muchas personas ayudándose mutuamente, ofreciendo una mano amiga y palabras de aliento. La adversidad había unido a la multitud en un intento por superar el peligro que enfrentaban.

Pasados varios minutos que parecían una eternidad, el terremoto finalmente comenzó a disminuir su intensidad. La tierra dejó de temblar con la misma ferocidad, y la multitud comenzó a recuperar la calma poco a poco. Los corazones seguían latiendo rápido, pero el peor de los peligros había pasado.

La tarde se iluminó con luces de emergencia y linternas, mientras los rescatistas y voluntarios comenzaban a trabajar en la búsqueda de personas atrapadas y heridas. A pesar de la destrucción y el dolor, la solidaridad se hizo evidente, y la voluntad de ayudar y reconstruir inundó la atmósfera.

Felipa, entre lágrimas y abrazos de agradecimiento, sintió un profundo alivio al ver que su advertencia había salvado muchas vidas. Aunque sus palabras habían sido incomprensibles al principio, su intuición había sido acertada. Se sintió abrumada por la magnitud del evento y la respuesta de la gente ante la tragedia.

La Virgen del Basurero habló por el micrófono y dijo:

—¡Tenemos que ayudar a sacar a nuestros hermanos atrapados bajo los escombros!

Todos, incluida la Virgen del Basurero, se dirigieron para ayudar a las zonas afectadas por el desastre.

Felipa recorrió edificio por edificio, indicando a la gente el lugar exacto donde se encontraban las personas atrapadas. Pasó tres días sin dormir, comer ni descansar, hasta que finalmente se desmayó extenuada. Cuando despertó dos días después, recibió la noticia de que había rescatado a más de trescientas personas gracias a su olfato, que permitió a las autoridades localizar a los atrapados.

Los días y las semanas pasaron y Tenochtitlán se fue recuperando de la tragedia. La gente agradeció a Felipa que rescatara a tantas personas. Ganó el amor del pueblo mexica, quienes la idolatraban y admiraban con gran reverencia.

Los oligarcas de la ciudad permitieron a Felipa hacer su entrada triunfal en Tenochtitlán; llegó hasta el Zócalo, estaba lleno de personas que vitoreaban a Felipa, lanzando flores a su paso y coreando su nombre. La joven prodigio, la Virgen del Basurero, caminaba entre la multitud con una mezcla de humildad y gratitud en su corazón. Había vivido tantas experiencias, desde su nacimiento en el basurero hasta este momento de triunfo y reconocimiento. La intensidad de las emociones la embargaban mientras avanzaba hacia el escenario que habían preparado para ella.

Pompeya, observando desde la distancia, sentía una mezcla de envidia, resentimiento y furia. Había llegado al punto de no poder soportar la admiración y el amor que el pueblo sentía por Felipa. Mientras veía a la multitud aclamando a la joven, una idea retorcida empezó a formarse en su mente. Una idea que representaría su intento final de desplazar a Felipa y apropiarse de sus habilidades.

La ceremonia de reconocimiento comenzó con discursos y homenajes a Felipa. Líderes comunitarios, médicos y rescatistas se sucedieron en el escenario para expresar su gratitud y admiración por la joven que había demostrado ser una luz de esperanza en medio de la oscuridad. Felipa se sentía abrumada por las palabras y el cariño de la gente, pero su mirada siempre regresaba a Pompeya, quien parecía fuera de lugar en medio de la celebración.

Finalmente, llegó el turno de Felipa de hablar. Se acercó al micrófono y dirigió su mirada a la multitud que la esperaba en silencio, atenta a sus palabras. La emoción en el aire era palpable, como si la energía de la gente se hubiera concentrado en ese momento.

—Amigos y amigas, gente de Tenochtitlán y de más allá, estoy profundamente agradecida por este recibimiento y por su amor. Pero quiero que sepan que no soy más que una parte de esta comunidad. Cada uno de ustedes ha demostrado su valentía, solidaridad y fuerza en los momentos difíciles. Somos una familia unida por lazos que trascienden cualquier adversidad.

La multitud aplaudió con entusiasmo, y Felipa continuó:

—Hoy es un día para recordar que el poder de la unidad y la ayuda mutua es lo que nos hace fuertes. No importa cuán oscuro parezca el panorama, siempre podemos encontrar la luz en nuestros corazones y en las manos extendidas hacia nuestros semejantes.

A medida que la fama de Felipa crecía, Pompeya se hundía más en su amargura y en sus enfermedades mentales. La soledad y el sentimiento de inferioridad la llevaron a concebir un plan macabro: sintió que sólo acabando con el problema recuperaría la atención y el respeto que creía merecer. En ese día, Felipa fue reconocida como la Virgen del Basurero, la Virgen de los Necesitados, la Virgen de los Pepenadores.

Felipa deseaba ser como sus héroes: Jesús, Gandhi, la madre Teresa de Calcuta, Samael Aun Weor y San Juan Pablo II. Todos ellos habían hecho sacrificios por la humanidad y habían ayudado a los necesitados en un mundo lleno de sufrimiento.

Después del terremoto, Felipa regresó a Agua Fría para descansar unos días y recuperarse antes de continuar con sus peregrinaciones. Pompeya no ocultaba ya su odio hacia ella y las energías densas que emanaba le hacían sentir incómoda. Esto la impulsó a planear una nueva peregrinación lo más pronto posible. Sin embargo, algo sucedió que retrasó sus planes: Felipa se volvió a encontrar con la esencia de su madre biológica en las calles de Agua Fría.

Felipa, con el corazón lleno de emociones encontradas, se propuso seguir el rastro de la esencia de su madre biológica una vez más. Decidió explorar cada rincón de Agua Fría y los alrededores en busca de las huellas olfativas que habían marcado su camino. La urgencia por conocer a la mujer que le había dado la vida se convirtió en una pasión insaciable.

Cada día, Felipa recorría las calles, plazas y rincones de la ciudad, siguiendo el rastro que se desvanecía y volvía a aparecer como un juego del destino. Cada vez que percibía el aroma, se llenaba de esperanza y emoción, solo para ver cómo desaparecía una vez más, dejándola con un corazón ansioso.

A medida que pasaban los días, Felipa comenzó a recibir miradas curiosas de los residentes de Agua Fría. Su determinación y su intensa búsqueda no pasaron desapercibidas, y pronto su historia y su habilidad para seguir rastros olfativos se convirtieron en el tema de conversación en el pueblo. Algunos la admiraban por su tenacidad, mientras que otros la veían con escepticismo y se burlaban de su empeño.

La búsqueda del rastro de su madre se convirtió en una obsesión para Felipa. Cada día, al amanecer, emprendía su recorrido por las calles de Agua Fría, siguiendo las tenues huellas olfativas que le indicaban el camino. La esencia del sufrimiento de su madre se hacía más fuerte, más palpable, a medida que avanzaba.

A pesar de los rumores y las miradas curiosas que recibía de los lugareños, Felipa no se detenía. Su corazón latía con ansias, anhelando ese ansiado encuentro que le permitiría finalmente conocer a la mujer que le había dado la vida. Cada paso que daba la acercaba más a su objetivo, y cada vez que la esencia se desvanecía, sentía un vacío en el pecho que la impulsaba a continuar.

Noches de insomnio y días de búsqueda implacable la llevaron a recorrer todos los rincones de Agua Fría y sus alrededores. Su determinación era inquebrantable, alimentada por la esperanza y el deseo de encontrar a su madre. Mientras seguía las huellas olfativas, imaginaba cómo sería el encuentro: los abrazos, las lágrimas, las palabras que habían estado guardadas durante tanto tiempo.

Aunque perdió el rastro nuevamente, esta vez percibió el sufrimiento que su madre había experimentado. Reconoció las huellas del dolor, una inconfundible esencia que solo las criaturas con un olfato poderoso podían percibir. Felipa se preguntaba: «¿Cómo será mi madre?».

A pesar de que su madre la había abandonado en el basurero, Felipa anhelaba besarla y abrazarla. Solo su madre podía llenar el vacío que anidaba en su corazón. Ansiaba con intensidad poder verla y tenía muchas preguntas y temas de conversación para compartir con ella.

Al día siguiente, tocaron a la puerta de Felipa a las siete de la mañana. Le informaron de que un hombre necesitaba su ayuda para encontrar a su hija. Felipa se preparó rápidamente y acompañó al hombre. Llegaron a su casa y el señor le explicó la situación:

—Anoche, alrededor de las once, estaba aquí bebiendo cerveza con mi mejor amigo, pero después no recuerdo nada. Esta mañana, nana María vino y me despertó para decirme que mi hija no estaba en su cama, no entiendo qué pasó con ella —explicó el hombre mientras se arrodillaba y le suplicaba a Felipa—. Por favor, Virgen del Basurero, ayúdame a encontrarla, ¡te lo ruego!

—¿Cómo te llamas, hermano? —le preguntó Felipa.

—José Torres —respondió el hombre.

—¿Cómo se llama tu amigo? —indagó la Virgen.

—Benjamín González —informó José.

Felipa olió las botellas vacías de cerveza que estaban sobre la mesa y percibió el aroma a tranquilizantes y otras drogas. Entonces, se dirigió a la recámara de la hija de José Torres, donde olfateó en la cama el rastro de un hombre. Felipa grabó en su mente el olor del hombre con el propósito de encontrar al culpable.

Al quedarse con la esencia olfativa del hombre y la hija de José Torres en su memoria, Felipa salió de la casa y se detuvo en seco, cerrando los ojos mientras concentraba su mente en seguir el rastro. El viento soplaba suavemente, llevando consigo los diversos olores de la ciudad. Pero entre todos esos aromas, Felipa detectó la esencia que estaba buscando, un aroma particular que se destacaba entre los demás, la esencia de la hija de José Torres.

Guiada por su olfato prodigioso, comenzó a caminar por las calles de Agua Fría, Junto a José Torres y una multitud curiosa, siguiendo las sutiles pistas que el aroma le proporcionaba. Se adentró en calles y dobló esquinas, sintiendo la urgencia de encontrar a la hija de José Torres. Mientras avanzaba, las imágenes de la ciudad se desdibujaban a su alrededor, y solo el rastro olfativo le indicaba la dirección.

La Virgen del Basurero comenzó a respirar de manera rítmica, sintonizando su conexión con el poderoso olfato que la había guiado hasta allí. Sus sentidos se agudizaron, y pudo percibir la sutileza de los aromas que emanaba del rastro de la niña. Cerró sus ojos y sus pensamientos se volvieron un eco en su mente: "Concéntrate, siente, conecta". El corazón de Felipa latía con fuerza mientras observaba la angustia de José Torres. Ella sabía que el tiempo era crucial en situaciones como estas. José Torres miraba con esperanza mientras La Virgen del Basurero concentraba sus energías en aquel intento desesperado por traer de vuelta a su hija.

El aroma los dirigió hacia el arroyo. Llegaron al Tepetate y la Virgen del Basurero se detuvo frente al borde del agua. Su rostro cambió al ver en el fondo del río el cuerpo de una niña. Se cubrió la boca con las manos y lágrimas brotaron de sus ojos.

Desde el otro lado del arroyo, José Torres le preguntó:

—¿Qué ves? —repitió José Torres, su voz temblorosa.

La Virgen del Basurero apuntó con su mano hacia el fondo del agua, una expresión de urgencia en su rostro. Sus ojos, llenos de compasión, se encontraron con los del padre desesperado. Las lágrimas que rodaban por las mejillas de José se mezclaron con el agua del río mientras se preparaba para lanzarse en busca de su amada hija.

Sin dudarlo, José se zambulló en el agua turbia del río Tepetate. Sus pulmones ardían mientras se sumergía en las profundidades, impulsado por la fuerza de su amor y la esperanza de rescatar a su pequeña. El agua parecía ser un mundo aparte, un lugar donde el tiempo se desaceleraba y las burbujas danzaban en un ballet silencioso.

Finalmente, sus dedos tocaron algo suave y frío en el lecho del río. Con un impulso de energía renovada, agarró lo que parecía ser un pedazo de ropa, y con un movimiento desesperado, emergió a la superficie, sujetando en sus brazos el cuerpo inerte de su hija. Sus ojos estaban llenos de lágrimas y sus labios murmuraban plegarias y ruegos.

Al salir del agua, se arrodilló en la orilla, sosteniendo con ternura el frágil cuerpo de su hija. Sus manos temblaban mientras acariciaba su cabello empapado y sus mejillas pálidas. José repetía su nombre una y otra vez, en un intento desesperado de traerla de vuelta a la vida.

La Virgen del Basurero se acercó con pasos suaves y se arrodilló junto a ellos. Colocó su mano en el hombro de José, ofreciendo un apoyo silencioso y una conexión que trascendía las palabras. A su lado, el llanto de José se mezclaba con sus sollozos de dolor.

La Virgen del Basurero miró al otro lado del río y sus ojos se encontraron con una figura sombría que se alzaba en el horizonte. Un caballo azabache avanzaba con paso lento y solemne, llevando a cuestas a la Muerte misma vestida de charro negro. En su regazo yacía la hija de José Torres, su silueta pálida y delicada en contraste con el negro del corcel.

La niña volteó hacia su padre, su rostro iluminado por un destello etéreo, y extendió una mano en un gesto de despedida. Aunque sus labios no se movían, sus ojos hablaban por ella,

177

transmitiendo un mensaje de amor y tranquilidad a José. Era un adiós que trascendía las palabras y se aferraba al corazón.

La Virgen del Basurero comprendió en ese momento que esta joven tenía el mismo nombre que ella, un vínculo invisible que las conectaba en medio de circunstancias tan dispares. En el corazón de cada Felipa latía una historia única, tejida por las circunstancias de sus vidas y las decisiones que habían tomado. Y aunque sus caminos eran distintos, compartían un hilo común de compasión y amor por los necesitados.

Benjamín González, el mejor amigo de José Torres, llegó al río con una expresión de preocupación y ansiedad. Había escuchado sobre la desaparición de la niña y quería brindar su apoyo en este difícil momento. Sin embargo, la tensión en el ambiente se hizo palpable cuando la Virgen del Basurero fijó su mirada en él. Las palabras que ella pronunció resonaron como un trueno en el aire, acusándolo directamente de ser el responsable de la tragedia que había ocurrido.

—¡Asesino! ¡Tú eres el culpable!

La acusación de la Virgen del Basurero fue como un golpe directo al corazón de Benjamín González. Se sintió aturdido y desconcertado por la repentina avalancha de palabras y emociones que lo abrumaban.

—¡Tú fuiste! ¡Tú fuiste! ¡Tú la mataste, asesino! —gritaba la Virgen del Basurero.

Buscaba desesperadamente negar cualquier implicación en lo sucedido. Pero su intento por mantener la fachada de inocencia fue en vano, porque la mirada potente de la Virgen parecía haber penetrado en su alma y develado la verdad oculta.

En un instante, la escena se tornó caótica. La Virgen del Basurero, llena de una ira que parecía haber estado acumulándose durante mucho tiempo, se abalanzó sobre

Benjamín González con una furia desatada. Sus uñas arañaron su rostro y sus manos tiraron de su cabello, una manifestación de la ira y la frustración que ella sentía en ese momento. Era como si la Virgen del Basurero hubiera canalizado todo el dolor y la angustia de José Torres en ese ataque impulsivo.

El pueblo que había reunido a su alrededor observaba atónito la escena, incapaz de entender completamente lo que estaba sucediendo. La Virgen del Basurero se convirtió en una fuerza incontenible de justicia y venganza, y la multitud estaba a merced de su poderosa emoción. No pasó mucho tiempo antes de que la indignación colectiva se transformara en una reacción visceral contra Benjamín González.

La policía finalmente llegó a la escena, pero fue demasiado tarde para evitar la escalada de violencia. El pueblo había tomado la justicia en sus manos y estaba sediento de venganza. La furia que había estado fermentando por mucho tiempo se desató en una oleada implacable. Cuando los refuerzos policiales intentaron intervenir, la multitud ya había tomado la justicia en sus propias manos.

La violencia se consumió, dejando a Benjamín González sin oportunidad de defenderse. La justicia popular había sido implacable en su ejecución y el amigo de José Torres pagó el precio de su oscura acción. El silencio se apoderó del lugar, solo roto por los susurros y murmullos de aquellos que contemplaban la trágica escena.

La Virgen del Basurero se quedó allí, su mirada fija en el cuerpo inerte de Benjamín González. Había canalizado la rabia y el dolor de una comunidad que había sufrido una pérdida inimaginable. Aunque la justicia había sido administrada, el precio que se pagó era alto y la pregunta de si había otra forma de resolver la situación quedó suspendida en el aire.

La historia de Felipa, la Virgen del Basurero, estaba llena de giros inesperados, emociones profundas y decisiones difíciles. Su don y su compasión la habían llevado a una serie de eventos que dejaron una marca indeleble en la comunidad y en la vida de todos los involucrados.

***

El viaje de Felipa, la Virgen del Basurero, a lo largo de la frontera entre México y Estados Unidos se convirtió en un evento de proporciones épicas. Su peregrinación atrajo a cientos de miles de personas, tanto de México como de la comunidad mexicana en Estados Unidos. A medida que recorría las ciudades y los pueblos a lo largo de la frontera, la gente se congregaba para presenciarla y recibir su bendición.

La noticia se extendió rápidamente, y las multitudes ansiosas se reunían a lo largo de su camino, esperando la oportunidad de ver y escuchar a la Virgen del Basurero en persona. Los rostros llenos de esperanza y expectación reflejaban la profunda conexión que la gente sentía con ella. Algunos viajaban largas distancias solo para tener la oportunidad de estar cerca de alguien que había demostrado una capacidad extraordinaria para sanar y ayudar.

Reynosa, con su bullicio y su cultura vibrante, recibió a Felipa con brazos abiertos. La ciudad se convirtió en un mar de colores y sonidos mientras la multitud seguía a la Virgen del Basurero en su camino. En Nuevo Laredo, las historias de sus milagros y su caridad habían precedido a su llegada, y la gente se reunía en plazas y calles, buscando consuelo y esperanza en sus palabras.

A medida que cruzaba la frontera y llegaba a Ciudad Juárez, la atmósfera se cargaba de emoción y reverencia. Los habitantes de la ciudad, que habían enfrentado tantos desafíos y adversidades, veían en la Virgen del Basurero una luz de esperanza en medio de la oscuridad. Sus palabras resonaban en el corazón de quienes habían luchado por encontrar una vida mejor en ambos lados de la frontera.

A su llegada al Inframundo se le acercó un hombre, desesperado en busca de respuestas a su dolor:

— Virgen del Basurero, me llamo Juancho, yo también soy de Agua Fría. Necesito tu ayuda y tus consejos, estoy en una encrucijada.

La Virgen del Basurero aceptó darle una audiencia en privado y dedicó un buen tiempo para escuchar sus desdichas y encontrar una solución a su problema.

Finalmente, Tijuana se convirtió en el escenario de un evento conmovedor y trascendental. Miles de personas se congregaron en la playa, mirando hacia el océano mientras la Virgen del Basurero pronunciaba palabras de compasión y unión. Sus palabras se dirigieron no solo a los presentes, sino también a aquellos que estaban al otro lado de las aguas, buscando un futuro mejor. En ese momento, Felipa parecía trascender las divisiones y las fronteras, recordándoles a todos que la humanidad compartía un destino común.

Con el paso de los días y las semanas, la peregrinación de la Virgen del Basurero dejó una huella imborrable en las ciudades a lo largo de la frontera. La gente encontró consuelo en sus palabras y esperanza en sus gestos de amor y compasión. Su presencia sirvió como un recordatorio de que, sin importar las circunstancias o las distancias, el poder de la bondad y la empatía tenía el poder de unir a las personas y transformar vidas.

Felipa enfatizaba la falta de una buena nutrición como la causa de muchas enfermedades y su objetivo era convencer a la gente de cambiar sus hábitos alimenticios.

—Debemos cambiar nuestros hábitos alimenticios para erradicar las enfermedades que nos están causando tanto daño —decía Felipa a la gente—. Debemos comer con moderación. ¡La glotonería nos está robando años de vida!

La multitud escuchaba y aplaudía.

—Las enfermedades son evitables. Están relacionadas con nuestra mala alimentación. ¡Es hora de hacer un cambio! ¡Es hora de despertar y vivir una vida saludable!

La gente vitoreaba, aplaudía y se emocionaba al escuchar a la Virgen del Basurero.

Para Felipa, la salud mental y física en los seres humanos era fundamental para construir un mundo mejor. Pero una cosa era decirlo y otra cosa era lograrlo.

Felipa sabía que, para lograr un cambio real en los hábitos alimenticios de las personas, debía ir más allá de las palabras y tomar medidas concretas. Organizó talleres y charlas en las plazas y calles de las ciudades que visitaba, compartiendo consejos prácticos sobre cómo llevar una alimentación saludable. Invitaba a expertos en nutrición y medicina a unirse a ella para educar a la comunidad sobre los beneficios de una dieta equilibrada y cómo podrían prevenir enfermedades.

Con el tiempo, sus esfuerzos dieron frutos. La gente comenzó a prestar atención a lo que comía, a ser más consciente de la calidad de los alimentos que consumía y a buscar opciones más saludables. En los mercados locales, las frutas y verduras frescas comenzaron a ser más populares que los alimentos procesados y altos en grasas. Los restaurantes también se adaptaron, ofreciendo menús más saludables y opciones vegetarianas.

Además de su enfoque en la alimentación, Felipa también abordó la importancia de la salud mental. Reconoció que la salud mental era crucial para el bienestar general de las personas y su capacidad para llevar una vida plena. Organizó talleres de bienestar emocional y apoyo psicológico para aquellos que luchaban con problemas de ansiedad, depresión y estrés.

A medida que su mensaje se extendía y su influencia crecía, las autoridades gubernamentales y organizaciones de salud comenzaron a prestar atención. Se establecieron programas de educación sobre nutrición y salud en las escuelas y comunidades. Felipa se convirtió en un símbolo de esperanza y cambio, una figura que inspiraba a las personas a cuidar de sí mismas y de los demás.

Sin embargo, no todos recibieron su mensaje con los brazos abiertos. Hubo quienes se resistieron al cambio, apegados a sus viejos hábitos y creencias. Felipa enfrentó críticas y oposición de aquellos que veían sus esfuerzos como una amenaza para sus intereses personales o comerciales. Pero la fuerza de su convicción y el amor que la comunidad tenía por ella la impulsaron a seguir adelante, enfrentando los desafíos con valentía y determinación.

El legado de Felipa, la Virgen del Basurero, continuó mucho tiempo después de su peregrinación a lo largo de la frontera. Su influencia dejó una marca indeleble en la manera en que las personas abordaban su salud y bienestar. Sus enseñanzas trascendieron las barreras geográficas y culturales, inspirando a personas de todas partes a llevar una vida más saludable y plena. Su historia perduró en las generaciones venideras, recordándoles que el poder de la compasión y la dedicación podía cambiar vidas y comunidades enteras.

Y así, la historia de Felipa, la Virgen del Basurero, continuó extendiéndose a través de las páginas del tiempo, dejando un legado de amor, servicio y unión en su camino. Su viaje no solo se convirtió en un acontecimiento extraordinario, sino en una inspiración para todos aquellos que buscaban hacer del mundo un lugar mejor.

***

La Virgen del Basurero dirigió su peregrinación hacia el sur de México, cerca de la frontera con Guatemala y Belice, atendiendo a los pobres, necesitados e inmigrantes que llegaban a México desde el sur. Había tanta necesidad que Felipa se sentía angustiada por la gran cantidad de personas que buscaban un futuro mejor. Había tanto por hacer que parecía una misión imposible.

En su travesía hacia el sur, la Virgen del Basurero se encontró con historias desgarradoras y situaciones desesperadas que la conmovieron hasta lo más profundo de su ser. En los pequeños poblados y comunidades, conoció a familias enteras que habían huido de la violencia y la pobreza en sus países de origen, buscando refugio y una oportunidad para comenzar de nuevo en México.

Felipa se dedicó incansablemente a brindar ayuda, consuelo y esperanza a estos migrantes vulnerables. Organizó campamentos de refugio, donde se proporcionaba alimento, agua y cobijo a los recién llegados. Junto a voluntarios locales y organizaciones humanitarias, trabajó arduamente para ofrecer servicios médicos y asistencia legal a aquellos que habían cruzado la frontera en busca de una vida mejor.

La Virgen del Basurero escuchaba las historias de aquellos que habían dejado atrás sus hogares y seres queridos, enfrentando peligros y adversidades en el camino hacia un futuro incierto. Les brindaba palabras de aliento y compasión, recordándoles que no estaban solos en su lucha y que había personas dispuestas a ayudarles.

Su labor no pasó desapercibida. Las comunidades locales se unieron en apoyo a su causa, donando recursos y tiempo para aliviar el sufrimiento de los migrantes. Juntos, construyeron albergues temporales, proporcionaron educación para los niños y establecieron programas de capacitación para los adultos, brindándoles herramientas para rehacer sus vidas en un país nuevo.

Sin embargo, enfrentaron desafíos significativos. La Virgen del Basurero luchó contra la discriminación y el prejuicio que a veces encontraban los migrantes en su camino hacia una vida mejor. Trabajó incansablemente para generar conciencia sobre la importancia de la empatía y la solidaridad, buscando cambiar actitudes y construir puentes de comprensión entre las comunidades locales y los recién llegados.

A medida que el tiempo pasaba, la labor de Felipa comenzó a tener un impacto duradero en la región. Las historias de éxito de los migrantes que habían sido apoyados por su iniciativa se convirtieron en inspiración para otros. Se creó un movimiento de cambio social, donde la ayuda humanitaria y la aceptación de los inmigrantes se convirtieron en valores fundamentales.

La Virgen del Basurero se convirtió en un símbolo de solidaridad y esperanza, una figura que unía a las personas más allá de las fronteras y culturas. Su peregrinación por el sur de México dejó un legado perdurable de compasión y cambio, un recordatorio de que incluso en los momentos más difíciles, el poder de la humanidad podía prevalecer y transformar vidas de manera positiva.

Felipa tomó la decisión de quedarse a vivir permanentemente en San Cristóbal de las Casas para estar cerca de los necesitados. La búsqueda de su madre tendría que esperar, porque su corazón estaba con aquellos que requerían su ayuda. Este sería su proyecto más grande hasta la fecha, imaginaba el resto de su vida viviendo en el sur de México. Estaba decidida; allí comenzaba su nueva vida.

El pintoresco San Cristóbal de las Casas se convirtió entonces en el nuevo hogar de Felipa. Las montañas y los callejones empedrados resonaban con los pasos decididos de la Virgen del Basurero. Su compromiso con los más necesitados no conocía límites, y cada día comenzaba temprano con la organización de actividades para mejorar la vida de aquellos a quienes servía.

La antigua capilla del pueblo se transformó en un refugio de esperanza. Felipa colaboró con la comunidad para restaurar y acondicionar el espacio, convirtiéndolo en un centro de ayuda integral para los necesitados. Allí se ofrecían clases de educación básica, talleres de capacitación laboral y atención médica para quienes no tenían acceso a servicios de salud.

La fama de la Virgen del Basurero había llegado al sur de México, y la gente acudía de todas partes para buscar su orientación y consejo. Felipa se convirtió en una consejera de confianza, escuchando las historias de dolor y lucha de aquellos que habían dejado atrás sus hogares en busca de un futuro mejor. Con palabras sabias y corazón compasivo, alentaba a cada individuo a enfrentar los desafíos con valentía y perseverancia.

La labor de Felipa también alcanzó a los niños y jóvenes de la comunidad. Organizó programas de educación y recreación para que pudieran disfrutar de una niñez digna y llena de oportunidades. Cada sonrisa y cada logro eran un testimonio del poder transformador de su dedicación.

A pesar de sus esfuerzos, Felipa no dejó de anhelar el reencuentro con su madre biológica. Aunque había postergado la búsqueda para centrarse en su misión, su corazón seguía latiendo con el deseo de encontrar respuestas. A menudo, se perdía en pensamientos mientras caminaba por las montañas cercanas, contemplando el horizonte y preguntándose si algún día conocería la historia detrás del abandono en el basurero.

Las sombras de la desesperación y la inestabilidad se cernían cada vez más sobre Pompeya, tejiendo una tela oscura de tormento en su mente. Sus días se volvían una amalgama de momentos confusos, susurros incoherentes y miradas perdidas en el abismo de su propia angustia. La realidad y la fantasía se entrelazaban en una danza perturbadora, y su rostro reflejaba la lucha interna que la consumía.

Aislada en su propio mundo de desdicha, Pompeya parecía estar atrapada en un laberinto de pensamientos que la atormentaban sin piedad. Cada día, su mente se enredaba más en una maraña de ideas obsesivas y fragmentadas, alimentadas por su negación de la responsabilidad que había tenido en sus propios problemas. A veces, sus labios se movían como si intentara hablar con alguien invisible, y su mirada perdida se clavaba en rincones vacíos, como si estuviera en búsqueda de respuestas que se le escapaban.

La ira, que una vez latía sutilmente en su interior, ahora se manifestaba con fuerza incontrolable. Explosiones de rabia la consumían, y su voz resonaba con gritos y maldiciones que cortaban el aire. Las paredes de su hogar eran testigos mudos de su tormento, marcadas por arañazos y objetos rotos que habían sucumbido a su furia desatada.

El reloj avanzaba inexorablemente, y con cada día que pasaba, Pompeya se hundía más en el abismo de su propia creación: la locura. Las personas tóxicas a su alrededor, aprovechando su vulnerabilidad, alimentaban su paranoia y su amargura, llevándola aún más cerca del precipicio. Sus palabras se volvían más retorcidas, su risa más estridente y su mirada más penetrante, como si sus pensamientos oscuros se hubieran materializado en su apariencia misma.

Y así, la fatalidad trazó su camino hacia un punto de no retorno. Un día, mientras enfrentaba sus demonios internos en una habitación oscura, Pompeya tomó la decisión que había estado rondando en su mente perturbada. Armada con su afán de protagonismo retorcido y su enmarañada percepción de la realidad, llevó a cabo el plan que creía que resolvería sus problemas de una vez por todas.

El destino interconecta a las personas de maneras insospechadas, y en su camino hacia la tragedia, Pompeya se cruzaría con Felipa una vez más. Los caminos de ambas mujeres, unidas por un pasado compartido y destinos entrelazados, chocarían en un giro inesperado. Mientras el tiempo avanzaba inexorablemente, las vidas de Felipa y Pompeya estaban a punto de converger en un momento definitivo que cambiaría sus destinos para siempre.

El aire en la habitación se cargó de una tensión insoportable mientras Pompeya y Felipa quedaban cara a cara, el pasado y el presente convergiendo en ese momento trascendental. La Virgen del Basurero, símbolo de esperanza y amor, nunca hubiera imaginado que la figura a la que una vez llamó madre adoptiva se convertiría en su enemiga más despiadada.

El abrazo inicial fue un preludio de la tormenta que se avecinaba. Pompeya había llegado con su corazón lleno de rencor y su mente nublada por la obsesión. En sus ojos ardía una llama oscura, alimentada por años de envidia y desprecio. La amargura que se había arraigado en su alma finalmente había culminado en un acto de violencia que eclipsaría cualquier otra maldad que hubiera cometido.

Cuando Pompeya se abalanzó sobre Felipa con el cuchillo en mano, el mundo pareció detenerse por un instante. El sonido agudo de la hoja cortando el aire se mezcló con el grito de Felipa, un grito que resonaba con la traición y el dolor profundo de alguien que había confiado en vano. La lucha desesperada que siguió fue como un duelo de fuerzas contrapuestas: la venganza y el amor, la oscuridad y la luz, la maldad y la bondad.

Las puñaladas de Pompeya se clavaban en el cuerpo de Felipa como cuchillos afilados de odio, dejando una estela de dolor y sangre. Cada herida era una afrenta a la pureza y compasión que Felipa había irradiado durante toda su vida. El rostro de Pompeya reflejaba el deseo retorcido de borrar todo rastro de luz en su vida, destruyendo la imagen misma de la Virgen del Basurero.

Sin embargo, incluso en medio del horror y el sufrimiento, Felipa encontró la fuerza para defenderse. Con cada golpe de su agresora, su determinación crecía. Luchaba no solo por su propia vida, sino también por preservar la esperanza y la bondad que había sembrado en los corazones de tantos necesitados.

La batalla física pronto se convirtió en una lucha metafórica entre el bien y el mal, entre dos fuerzas opuestas que libraban una guerra por el destino de ese momento. Los destellos del cuchillo reflejaban los demonios internos de Pompeya, mientras que las heridas que dejaba en el cuerpo de Felipa eran como cicatrices en la memoria colectiva de aquellos a quienes había ayudado.

Finalmente, la tormenta de violencia concluyó. Pompeya, exhausta, dejó caer el cuchillo. La mirada de Felipa, aun llena de dolor, seguía siendo una fuente de amor y compasión. Aunque herida y debilitada, no estaba dispuesta a permitir que la oscuridad de Pompeya la venciera.

Los pasos de la tragedia habían sido marcados por el odio y la desesperación, pero la historia aún tenía espacio para la redención y el perdón. En ese momento de confrontación, los destinos de Felipa y Pompeya se entrelazaron de una manera inesperada y profundamente trascendental. La pregunta que permanecía en el aire era si la luz podía prevalecer sobre las sombras, si el amor podía vencer al odio y si la esperanza podía florecer incluso en medio de la oscuridad más profunda.

Las sombras de la tragedia envolvían la escena, mientras las personas que habían custodiado a la Virgen del Basurero se acercaban con cautela. El tiempo parecía haberse detenido, como si el universo mismo estuviera sosteniendo la respiración en espera de un desenlace inevitable. Los ojos atónitos de los testigos se posaron en Pompeya, cuyo cuerpo y mente estaban atrapados en una espiral de locura y sangre.

El cuerpo de Pompeya estaba cubierto en una danza macabra de carmesí, como si la violencia que había infligido a Felipa hubiera dejado una marca imborrable en su ser. Su rostro, una vez reflejo de celos y resentimiento, ahora parecía distorsionado por la rabia y la desesperación, transformándose en una máscara de locura desenfrenada.

Mientras tanto, Felipa y Laika se abrazaron en un abrazo celestial. En ese último momento, las dos almas perdidas se encontraban finalmente. Laika, la amiga leal que había compartido tantos momentos con Felipa en el basurero, estaba allí para recibirla en el más allá. La paz y la serenidad envolvieron a Felipa mientras cerraba los ojos y sonreía, liberándose de las cadenas del mundo terrenal.

La escena era un contraste doloroso y poético: la vida y la muerte entrelazadas en un ballet trágico. Los corazones de quienes presenciaron el desenlace se llenaron de conmoción y tristeza, pero también de la comprensión de que el ciclo de sufrimiento y lucha de Felipa había llegado a su fin. La paz eterna se había convertido en su destino final.

Los minutos pasaron como suspiros en medio del silencio roto solo por los sollozos suaves de los presentes. En aquel lugar donde la violencia y la compasión se habían enfrentado, donde el odio y el amor habían colisionado, quedaba un aura de resignación y reflexión. La historia de la Virgen del Basurero y Pompeya dejaba una huella imborrable en el tejido de la realidad, recordándonos la dualidad inherente de la humanidad y la lucha constante entre la oscuridad y la luz.

Así, en la quietud del momento, los dos destinos se entrelazaron y se separaron al mismo tiempo. Pompeya, atrapada en su locura y desesperación, había encontrado su propio final trágico. Felipa, la Virgen del Basurero, había alcanzado la paz que tanto anhelaba, uniendo su espíritu con el de su amada Laika. Y mientras el mundo continuaba girando, su legado perduraría, recordándonos que incluso en los momentos más oscuros, la bondad y la compasión pueden brillar con una intensidad imposible de extinguir.

Felipa y Pompeya, dos almas ahora inextricablemente entrelazadas en su destino, seguían caminos opuestos en los últimos capítulos de su historia.

La luminosidad blanca que descendió del firmamento parecía una emanación divina que bañaba a la Virgen del Basurero. Era una llamada a trascender las limitaciones terrenales y elevarse hacia un plano superior de existencia. Felipa, cuyo espíritu había sido un sol de esperanza y compasión, estaba destinada a unirse a las filas de los seres de luz. Las leyes superiores, las mismas que gobiernan los movimientos celestiales y las energías universales, la convocaban a un estado de santidad reservado para almas excepcionales.

Respondiendo a ese llamado celestial, Felipa dejó atrás las ataduras del mundo material y ascendió, acompañada por su querida Laika, hacia un reino más allá de la comprensión humana. Era un final digno de su espíritu altruista, una culminación en la que sus acciones y sacrificios encontraban su recompensa en una eternidad de paz y amor.

En el otro extremo del espectro, Pompeya continuó su tortuoso camino en la oscuridad de la locura. Sus demonios internos la atormentaban sin tregua, llevándola a los abismos más profundos de la desesperación y el dolor. Atrapada en un manicomio, su mente era un torbellino de delirios y alucinaciones, donde los fantasmas de su propio pasado la acosaban de manera implacable. Los demonios imaginarios, personificaciones de su culpa y remordimiento, la acosaban como criaturas hambrientas, arrancando pedazos de su ser y sumiéndola en una agonía insoportable.

Dos destinos contrastantes, dos almas en extremos opuestos del espectro humano. Felipa ascendió a un plano de serenidad y luz, mientras Pompeya quedó atrapada en un abismo de oscuridad y desolación. Su historia, una exploración de la dualidad del ser humano, dejó una huella imborrable en el mundo que las rodeaba. Cada elección, cada acción, tejía una red de consecuencias que se extendían mucho más allá de lo imaginable.

En sus nombres y en sus historias, se preservaba una lección eterna: la capacidad de elegir el camino del bien o el mal, de la compasión o la envidia, y cómo esas elecciones, aunque pequeñas en apariencia, podían dar forma al destino de toda una vida. La historia de Felipa y Pompeya se convertiría en un eco constante en la conciencia de aquellos que escucharon su relato, recordándoles la importancia de elegir con sabiduría y de enfrentar las consecuencias de sus acciones.

www.ingramcontent.com/pod-product-compliance
Lightning Source LLC
Chambersburg PA
CBHW020244130626
46549CB00005B/2053